바보
교과서

바보 교과서

● **내가 바보가 되면 친구가 모인다 2** ●

초판 1쇄 발행　2014년 12월 20일
초판 6쇄 발행　2021년 10월 30일

지은이 | 강민수
그린이 | 주승인
표지 디자인 | 최윤선
본문 디자인 | "가꿈"
펴낸이 | 김혜숙

펴낸곳 | 도서출판 참솔
출판등록 | 제8-244호
주소 | 121-718
　　　　서울시 마포구 마포대로 127 풍림빌딩 521호(공덕동)
대표전화 | 02-3273-6323
팩시밀리 | 02-3273-6329
이메일 | charmsoul@charmsoul.com

ISBN 978-89-88430-51-4　03810
값 14,000 원

바보 교과서

● 내가 바보가 되면
친구가 모인다 2 ●

강민수 지음

| 참솔 |

"멋진 바보, 그대에게 드립니다."

_____ 님께

_____ 드림

'바보 마인드' 공유를 위하여

2001년, 그러니까 13년 전, 제가 30여 년간 메모해온
생활 속의 단상을 정리해 <내가 바보가 되면 친구가
모인다>라는 제목의 책을 출간하였습니다.
당시 그 책의 메시지에 공감하는 독자 모임이
자연스레 만들어졌고, 그 모임이 10년 전 '바보클럽'이라는
봉사 단체의 모습으로 조직의 옷을 입고 오늘에 이르게
되었습니다. '바보 마인드'를 공유하던 낭만적 소모임이
사회적인 기여에 관심을 가졌기에 봉사 단체로 발전하게
된 것입니다.
매일 아침, 회원들에게 바보 마인드와 봉사정신의 공유를
위하여 '명상편지'를 보냈는데, 바보클럽 창립 10주년을
맞아 '명상편지'를 간추리고 '바보' 2권인 <바보 교과서>를
내게 되었습니다.

문명은 발전을 거듭하고 물질은 더욱 풍부해지는데,

우리 사람의 마음은 더 외롭고 가난해졌습니다.

이러한 시대에 마음을 기대고 포개어서 서로에게 성공과
행복의 단비를 뿌려주는 봉사 단체로 성장한 '바보클럽'의
모든 회원들에게 가슴으로 감사드립니다.

이제 이 책 <바보 교과서> 출간을 계기로 전국의 새로운
친구들이 '바보클럽'에서 함께 성장하고 삶이 따스해지는
경험을 나누면 좋겠습니다. 바보 마인드만 공유하여도
신선한 새벽 내음을 맡을 수 있습니다. 흩어져 있던
마음이 연결되는 순간, 인생이란 거센 바다에서
좀더 안전하고 다채로운 항해를 즐길 수 있으리라는 확신도
있습니다. 그저 바보로 남아 있기만 해도 살아가는 데
큰 힘이 될 수 있는 바보클럽의 정문은 항상 열어두겠습니다.

모쪼록 젊은 그대들이 천진하고 순수한 바보로
계속 세상을 살아갈 수 있다면 참 좋겠습니다.
특히 지도자의 꿈을 꾸는 분이라면 '바보클럽'의
지도자 수련과정을 한번쯤 거쳐보시라고 권유합니다.
끝으로 바보클럽을 이해하고, 솔선해서 '명상편지'를
<바보 교과서>로 기획하고 출판해주신
참솔의 김혜숙 대표님께 감사드립니다.

2014년 늦가을

강 민 수

책머리에 : '바보 마인드' 공유를 위하여

5. 바보 리더십의 따스한 미덕

바보는 왜 힘이 센가

나의 행복이 누군가의 사랑과 우정 없이
이루어질 수 없다는 것을 일찍 깨달을수록
여문 삶을 살게 될 것이다.

따스한 감사

오늘 아침, 명상편지를 읽는 모든 분에게 감사드린다.
지금의 내가 있도록 해주신 최고로 고마운 분들은
나에게 미력한 도움을 받은 자들이 아니라
젊은 시절 내게 도움을 주셨던 분들이다.
결국 베푼 것보다 받은 것이 더 많았다는 얘기다.

내가 할 수 있는 것이라곤 오직 감사함을 진심으로
표현하는 길밖에 없었다.
내게 도움받은 자는 거의 내 곁을 떠났는데,
도움을 주신 분들은 아직까지도 가까이서 챙겨주신다.
이런 은혜에 보답하는 길은 오직 감사뿐이다.

이제 내가 받은 것보다 더 많이 돌려주어야 한다고
마음이 자연스레 이른다.
'바보클럽'에 열중하는 일도 하나의 방법이라 생각한다.
특히 정직한 마음과 땀으로 이웃의 구석구석에까지
봉사하는 바클바보클럽 회원, 땀바땀 흘리는 바보 봉사단에게
진심을 다하여 따스한 감사를 전한다.

진정 강한 자

작은 은혜에도 감사할 줄 아는 사람은
지원군을 몇 백 명, 몇 천 명 데리고 다니는 것과 같다.
감사의 위력을 말로 다 표현할 순 없지만,
굳이 하자면 이러하다는 것이다.
나의 수고를 누군가 감사해하며 인정해줄 때
또 다른 수고를 기꺼이 받아주고 싶은 게 사람의 마음이다.
상대방 역시 마찬가지일 것이다.

그러므로 참으로 고마운 도움을 받고도
상대방을 내 우군으로 만드는 최고로 좋은 방법은
진심으로 감사의 마음을 전하는 것이다.

유대인의 유명한 지혜서 <탈무드>의 글로 끝을 맺는다.
"강한 자는 남과 싸워서 이길 수 있는 자이다.
더욱 강한 자는 모두를 이길 수 있는 자이다.
더더욱 강한 자는 자기를 이길 수 있는 자이다.
진정코 강한 자는 하늘에 엎드려 감사하는 자이다."

비움과 바보

"50세가 되면 유서를 써놓고 새 삶인 듯 다시 시작한다."
일본의 옛말, 격언이라고 한다.
우리에게도 50세가 되면 자신의 관을 미리 준비하는
풍습이 있었다. 어렸을 때 고향집 고방庫房에 들어갔다가
천장 선반에 2개의 관이 나란히 있어 급히 뒤돌아섰던
기억이 있다. 왜 벌써 관을 만들어서 무섭게 하느냐고
어머니께 따지듯이 물었다.
미리 관을 준비하면 장수한다는 옛말이 있다는 대답이셨다.
그때는 부모님이 미신을 믿는다고 생각해 몹시 아쉬웠다.

그런데 나이가 들어가면서 생각이 달리되었다.
사실인즉 자신이 들어갈 관을 매일 봄으로써,
욕심을 줄이고 여생을 살아가는 조상의 지혜였던 것이다.
일본인들이 쓰는 '50세 유서'도 같은 맥락일 것이다.

나이 들어 무리하게 욕심 부리다가 단명하는 모습을
주위에서 꽤 본다. 그러나 욕심을 버리는 비움이
꼭 나이가 들어서 해야 할 일은 아닌 듯하다.
모든 일에 정직하고, 상대의 이익에도 관심을 둔다면

이 세상에서 욕심 부릴 일이란 하나도 없다.
호화와 사치로 무리하다 망가지는 경우가 허다하다.
남의 떡이 커 보여 탐욕이나 과욕을 부리기도 일쑤다.

바보클럽의 젊은 회원들에게 고한다.
내 노력 이외의 것은 절대 탐해서 안 된다는 사실을!
우리는 안다. 바보로 사는 것 자체가 비움이다.
더 이상 바랄 것이 없기에 바보처럼 보이는 것이다.
정말 바보는 욕심에 가려 보지 못하고 비우지 못하는 자이다.
정직하고 천진하고 순수한 삶에 과욕이란 있을 수 없다.
그래서 매일 비우는 명상이 필요하다.

비움을 실천하는 자 익어가고, 실천하지 않는 자 늙어간다.
하늘은 천진한 바보에게만 힘을 보태준다.
교만하거나 욕심이 많은 자에게는 눈을 감는다.
이것이 하늘의 이치인 걸 인간이 어쩌겠는가!
결국 언제 어디서든 있는 그대로의 분수에 만족하는 것.
이것이 참바보의 모습이요, 참비움이다.

평범한 이의 참유산

유산하면 보통 재산을 떠올리지만 참유산은 정신에 있다.
정신이 바로 서지 않은 자식에게 재산을 많이 물려준다면
그것은 바로 게으름을 상속하는 꼴이 된다.
가장 큰 유산은 올바른 정신으로 이웃과 더불어 사는
지혜를 물려주는 것이다. 나의 행복이 누군가의
사랑과 우정 없이 이루어질 수 없다는 것을 일찍
깨달을수록 여문 삶을 살게 될 것이다.
자녀가 이것을 스스로 깨우칠 수 있다면 더욱 좋겠다.
가정과 학교 교육은 어려서부터 계속 받아왔기에
성인이 된 이후에는 사회교육이 새삼 중요하게 떠오른다.
바보클럽은 이웃과 함께 사는 행복한 사회를 생각하며
명상편지를 띄우고 봉사활동 등을 권한다.
젊음에게 바른 정신 유산을 물려주고 싶기 때문이다.
선진국의 깨어 있는 부자들은 기부를 생활화한다.
사회환원과 교육 차원에서 공익법인을 설립해 활동하는데,
이것이 후세에 정신과 재산을 이어주는 최고로 멋진 유산이다.
또한 정신적 부자인 예술가, 교육자 들의 재능기부도 마찬가지로
훌륭한 활동이며, 평범한 사람들의 근면성 역시
자녀에게 솔선수범이라는 참유산이 될 것이다.

민족 최고의 유산

유대인에게 <탈무드>는 민족 최고의 유산이다.
유대인의 90% 이상은 기독교인이 아니다.
예수가 유대인임에도 메시아로 인정하지 않는 것이다.
기독교 성서인 <성경>은 <구약>과 <신약>으로 나뉜다.
예수 탄생 이전의 성서가 <구약>이고,
예수 탄생 이후 제자들의 기록이 <신약>이다.
그들만의 종교 유대교는 <구약>만 성서로 인정할 뿐
<신약>은 성서로 생각하지 않는다.

또한 유대인은 <탈무드>를 삶의 지혜서로 성서처럼 받든다.
2천년 동안 나라 없이 세계 곳곳에서 떠돌이로 살면서도
언제나 <탈무드>를 성서처럼 읽고 실천해 왔기에
그들은 고유의 정체성을 지킬 수 있었다.

덕분에 언제 어디서든 잘 적응해 부자로 살아왔으며,
특히 정치, 경제, 학문, 예술 분야에서 탁월한 재능을 보이며,
2천년 만에 이스라엘이라는 자신들의 나라를 세울 수 있었다.
<탈무드>는 오직 정신적 유산일 뿐인데,
그것이 나라를 재건하는 최고의 유산이 된 것이다.

첫 느낌, 첫사랑

누구나 사춘기의 기억이 가장 오래 남는다.
당시 유행하던 가요를 평생 가슴속에 간직하고 산다.
18번 애창곡도 그 시절 마음에 닿았던 노래가 대부분이다.

개는 생후 6개월까지의 주인을 못 잊는다고 한다.
우리의 진돗개는 첫 주인을 평생 주인으로 알고
새 주인을 잘 따르지 않는 충직함을 보인다.
첫 느낌, 첫사랑이 영원한 기억 속의 사랑인 것은
인간이라고 별반 다르지 않는 것 같다.
프랑스의 유명 작가 앙드레 모루아는
"첫사랑은 남자의 일생을 좌우한다"고 얘기했다.
이는 주인을 향한 진돗개의 충정에 비유되곤 하는데,
꿈과 이상이 하늘을 찌를 때 불덩이가 타오르던 기억이
어제인 듯 평생 가슴에 살아 있어 그럴 것이다.

독일의 명견 셰퍼드는 밥 주는 사람을 주인으로 따른다.
인간을 진돗개과와 셰퍼드과로 구분할 수 있을까.
의리와 정으로 사람을 사귀는 자와
이해관계에 치우쳐 사귀는 자! 조직에서도 위 두 종류로

양분되는 모습을 볼 수 있다.
조직보다 자신의 이해관계에 의해 움직이는 자를
우리는 흔히 셰퍼드에 비유하곤 한다.

삼성그룹 창업자 이병철 회장의 생전에 뜻대로 안 된
3가지가 있었단다. 그중 하나가 화학조미료 미원을
삼성의 미풍이 이기지 못한 것. 조미료 시장의 선발주자가
미원이었던 까닭에 소비자가 미원만 찾았기 때문이었다.
몇 배의 광고와 판촉에도 이미 각인된 소비자의 마음을
돌릴 수 없었다고 한다.

또 "남자는 첫사랑을 못 잊고, 여자는 마지막 사랑을
못 잊는다"는 말도 생각난다.
그러나 사춘기 시절에 꿈과 이상을 품었던 이라면,
남녀를 따로 구분할 수는 없다고 본다.
순수할 때 가졌던 생각, 행동, 습관은 평생 함께 가므로
나이든 세대에게도 명상과 기도는 쉴 수 없는 과제가 된다.

늙어가는 것과 익어가는 것

보통 나이가 들면 스스로 늙어간다고 생각한다.
동시에 생로병사에 순응하면서 자신을 추슬러야
순리에 따르는 삶이라 믿는다. 옳은 태도다.
허나 나이가 많다는 것은 경험과 경륜이 쌓였다는 것.
이 또한 사실이다.

청춘은 늙음이나 죽음을 생각하지 않는다.
어느 날 문득 나도 제법 나이가 들었다는 자각을 해야
비로소 인생의 유한함과 늙음, 이런 것을 생각하게 된다.

문제는 몇 살에 무얼 하고 언제 어떻게 해야 한다는
인생의 커리큘럼이나 매뉴얼이 없다는 것.
남의 인생을 참고하거나 스스로 문제의식이 생기면 다행이지만,
대부분은 그저 타성으로 그날그날을 살아간다.
그러다가 어느 정도 나이가 들고 경륜이 쌓이면,
젊은 날 느끼지 못한 인생의 깊이를 깨닫게 된다.
직업이나 학식에 상관없고, 폭이나 방향 또한 천차만별이지만
생의 깊이를 이해하기 위해서라면, 나이도 한번 먹어볼 만하다.
한데 여기에 철학이 필요하다는 것!

"인생은 늙어가는 게 아니라 포도주처럼 익어가는 것"이라고
유명한 성경학자이자 철학박사 데릭 프린스가 말했다.
인생이 포도주처럼 익으려면 새벽 창밖의 뻐꾸기 소리가
진실로 나를 반겨 부른다는 느낌이 와 닿아야 한다.
나이가 들어도 낭만이 살아 있어야 하기 때문이다.
그런데 이게 호락호락 되지 않는다.
자연이 나와 한 몸이란 사실을 알려면 마음을 비워야 하므로.

결국 우리의 인생은 덤이라는 얘기다.
세월에 찌들거나 한탄하는 노인은 젊은이의 짐일 뿐이고,
잘 익은 노인은 젊음의 말없는 스승으로 오래 남는다.

바보는 왜 힘이 센가

공짜는 없다

얼마 전 한 조사기관에서 복권 1등 당첨자를 조사한 적이 있다.
당첨자의 97%가 가정이 풍비박산 났거나 병이 들었거나
이미 사망했다고 한다.
나머지 3%는 어찌되었을까? 그들은 당첨금의 대부분을
기부했단다. 내 의식주에 드는 비용이 땀의 대가가 아니라면
언젠가 그 값을 치러야 한다는 것이다. 참 대단하다.
이 이치를 빨리 깨달을수록 삶이 여물어질 것이다.
남의 그릇을 기웃거리면 스스로 나태해지고,
모양새가 안 좋을 뿐더러 허송세월까지 하게 된다.
간혹 유산을 놓고 다투는 형제나 국가의 혜택에
귀를 쫑긋 세우는 사람을 보게 된다. 정말 한심한 노릇이다.
생활이 건전하다면 뒷배나 횡재에 눈길이 가지 않는다.
게으름이 늘수록 공짜에 눈과 귀가 돌아간다.
모두 부질없는 인생의 낭비다. 게으른 상속자는 유산을
탕진할 때까지 놀다시피 한다. 일이 얼마나 소중한지
모르는 소치다. 일이 곧 즐거움과 여유를 얻기 위한
기초 작업임을 꼭 평생에 걸쳐 알아야 되겠는가.
세상에 공짜가 없다는 사실을 알 때 비로소 철이 든 것.
까치 소리는 새벽에 눈뜬 자만 느끼는 자연의 선물이다.

내가 바보가 되면

정말 바보는 다 떠나고

진정한 친구만 남는다.

내가 바보가 되면

세상이 천국으로 보인다

그냥 이대로가 좋으니까

—졸시 〈내가 바보가 되면〉 중에서

땅 몇 평과 온 우주

건강을 위해서일까?
요즘 산을 타는 인구가 매우 늘었다.
나는 여러 운동을 병행하고 있는데,
그중에 산행에서 가장 뿌듯한 쾌감을 느끼곤 한다.
신선한 공기, 우거진 숲, 기암괴석은 보너스로 즐긴다.

한창 나이인 30대 초반 시절, 사업을 시작하고 동분서주하느라
운동을 멀리하고 3년쯤 오로지 일에만 열중했다.
그러자 사업은 그런 대로 기반이 잡혔는데 뒷머리가 뻐근한 게
만성피로에 시달리며 정신적으로 지치게 되었다.
그때 선배의 권유로 산행을 시작하자 몸이 몰라보게 좋아졌다.
건강만 한 재산이 없다는 걸 깨닫고, 생활체육의 중요성도
실감해 주말에는 가족 산행까지 하게 되었다.

그날 일요일도 부산 금정산을 오르기 위해 고급 주택가
골목을 지나던 중, 열두 살 큰아들이 말했다.
"우리도 정원이 큰 저런 집에서 살면 참 좋겠다."
그때 일곱 살배기 막내가 말을 받았다.
"우린 자주 산에 오니, 저 금정산이 우리 정원이지, 뭐!"

영국 시인 워즈워드가 어린이는 어른의 아버지라 했던가.
막내는 아버지의 힘든 형편을 눈치 챘을까, 아니면 그냥
산이 좋아서 그랬을까, 분간이 되지 않는 순간이었다.

그때부터 '다리가 성한 동안 내 발이 닿는 모든 땅이
나의 대지'라는 생각을 갖게 되었다.
정말이지 땅 몇 평과 온 우주를 바꿀 뻔하지 않았던가!
지난날이 어리석게 느껴져 아직도 여러 운동 중
산행을 제일 부지런히 하고 있다.
오늘 아침도 창밖으로 금정산 봉우리를 바라보며,
막내아들이 선물한 멋진 정원을 이웃과 함께 나누고 싶다.

돈에 대한 단상

정당하게 돈을 벌려면 아래 3가지 외에는 방법이 없다.
1. 땀 흘려 일한 대가
2. 아이디어를 내는 것, 즉 창조의 대가
3. 친절의 대가
정리하면, 정당한 부는 노력을 통해 얻어지는 것이다.
거지가 동냥을 할 때도 비굴한 친절이 필요하다.
돈은 나무에 주렁주렁 열리는 과일이 아니다.

돈은 어떻게 벌었는가에 따라, 즉 유산인지 아니면
자력으로 벌었는지에 따라 쓰임새가 달라진다.
아무리 돈은 쓰기 위해 버는 것이라지만,
어디에 어떻게 쓰냐에 따라서 그 가치가 달라진다.

주변의 지인 중 부잣집에서 태어난 이들을 보면,
십중팔구는 젊어 흥청망청하다가 사오십에 이르러
막노동을 해야 할 정도로 빈털터리가 되었고,
1~2명은 재산 지키기에 골몰해 지독한 구두쇠로 산다.
단 1% 정도만 선대의 유업을 계승해 잘 일구고 있다.
그들은 가정이나 학교에서 교육을 잘 받은 경우다.

재산이 있으면 일할 필요가 없다는 사고방식이 문제로 보인다.
사실 일생을 통틀어 생각하면, 유산이나 증여가 없어야
참된 인생을 맛볼 수 있다고 생각한다.

일상생활이 건전하면 나를 위해 많은 돈이 필요치 않다.
쾌락에 젖어 살면 아무리 돈이 많아도 부족하다고 느낀다.
바른 생활과 의협심에서 나오는 돈은 뭇 사람을 살린다.
그러나 유흥에 빠진 사람은 많은 이에게 불쾌함을
선사할 뿐이다.

돈은 칼과 같다.
의사가 쥐면 수술도요, 강도가 쥐면 흉기로 변한다.
'돈이 도'라던 어느 스님의 말씀도 떠오른다.
스님은 부처님을 향해 절하고 도를 닦지만,
사업가는 생불인 사람을 향해 얼마나 많이 절하고
돈을 벌었겠는가?
이 문제를 좀더 깊이 있게 생각하려면,
나의 첫 책 <내가 바보가 되면 친구가 모인다> 중
돈에 대한 글을 읽어보면 좋을 듯하다.

인덕과 사람의 가치

10kg의 금덩이가 진흙탕에 볼품없이 내팽개쳐져 있고
그 옆에 1kg의 금덩어리가 반짝반짝 빛나고 있을 때
그대는 어떤 금덩이를 선택할 것인가?
물론 10kg의 금덩어리를 가리킬 것이다.
금의 가치는 빛깔에 있지 않고 내용에 있기 때문이다.

사람의 가치, 즉 나의 가치도 마찬가지다.
내용 없이 아무리 다듬고 모양을 내도 가치가 올라가지 않는다.
거지나 재벌이나 사람의 가치는 똑같은 것이다.
문제는 나의 진정한 가치를 모르고
치장에 따라 가치가 달라진다고 믿는 착각에 있다.

<논어>의 가장 짧은 문구 중 군자불기君子不器가 있다.
군자는 그릇처럼 국한되어 있지 않고 도를 닦으면서
점차 커져서 인격적으로 완성되어야 한다는 뜻이다.

자신은 인덕이 없어서 덕을 보여주는 사람이 없고
주변에 손해를 끼치는 사람뿐이라고
신세를 한탄하는 사람들을 때때로 본다.

인덕이란 사람 인人에 얻을 득得자를 쓰는 게 아니라
어질 인仁에 큰 덕德으로 쓴다.
수양과 베풂의 공덕으로 생긴 마음의 그릇을 이르는 것.

우리는 꼭 같은 가치를 가지고 인간으로 태어났다.
하지만 인덕의 공덕에 따라 사랑과 존경의 대상이
되느냐 못되느냐는 개인의 숙제인 것이다.
사랑과 존경은 평소 인덕의 결과로 저절로 따르는 것이지,
나의 욕심으로 이루어지지 않는다.
행복과 불행은 인덕에 따라 크게 달라질 것이다.

조심과 걱정

흔히 조심과 걱정을 동일시하는 경향이 있다.
그러나 두 개념은 분명히 다르다. 먼저 사전을 보자.
조심하다 : 잘못이나 실수가 없도록 말이나 행동에 마음을 쓰다.
걱정하다 : 안심이 되지 않아 속을 태우다.

즉, 조심은 마인드 컨트롤이고
걱정은 공포를 수반하는 불안한 마음이다.
결국 조심과 걱정은 긴장을 한다는 점에서는 같지만,
조심은 마인드 컨트롤이 가능한 상태이고
걱정은 마인드 컨트롤이 안 돼 공포가 따르는 긴장이다.

날마다 일과에 일, 사랑, 기도, 오락, 이 4가지가
조화로운 균형을 이루어야 건강한 하루가 된다.
걱정하는 상태에서는 이 균형을 잡을 수가 없다.

약간의 조심만 필요한 상황에서 균형 잡힌 하루가 나온다.
결국 세상만사 걱정해서 되는 일이란 없다.
그러므로 무슨 일이든 꼭 된다는 신념이 있다면
걱정보다 조심하는 자세로 밀고 나아가야 한다.

긍정적일 때는 조심하면 되고, 부정적일 때는
걱정하게 된다는 것이 분명한 차이점인 것이다.
이 차이는 성공과 실패라는 엄청나게 다른 결과를 가져온다.

조심에 열정을 더하면 걱정은 태양 아래 눈처럼 사라질 터.
마인드 컨트롤이 절로 되며, 그 힘 또한 몇 배의 추진력을 갖는다.
성공한 모든 이들은 이점을 잘 알고 있으리라.
아침 기도로 시작해, 일과 오락과 사랑에 열정을 추가하면
그대는 오늘 하루를 멋지게 맞이할 것이다.

착각을 벗는 작업

어떤 즐거움도 착각을 벗는 기쁨에 비할 바가 아니다.
오랫동안 진리라 믿었던 것이 훗날 착각임을 알았을 때
얼마나 허망할까. 그래서 착각은 빨리 벗을수록 좋다.
그러나 바쁜 마음으로 착각을 알아차리기란 쉽지 않다.
하루 한 번쯤 마음의 발걸음을 멈추고 명상 시간을
갖는다면 크게 도움이 될 터이다.
착각을 벗는 작업이 공부요, 행복의 문을 여는 열쇠다.
그래서 친구든 후배든 남의 말에 귀기울여야 하는 법.
하물며 어린이에게도 배울 게 있다지 않은가.
무도나 운동에서도 슬럼프가 왔을 때 초보자의 모습을 보고
깨우치는 경우가 많다. 착각에 빠져 있는 동안 기본에서
멀어졌다는 느낌이 오면 정신을 차린 것이다. 그 깨달음이
오지 않는다면 영원한 낙오자가 될 것이다.
아는 것은 많은데 실제 삶이 엉터리라면 착각 속에서
헤어나지 못한 경우다. 그래서 죽을 때까지 배워야 한다.
소위 일류학교 출신 중 낙오자가 더러 나오는 경우도
더 배울 게 없다는 사고방식 때문이다.
이 나이에 무엇을 더 배우랴? 하는 안이한 사고방식이
착각을 부르는 것이다. 삶 자체가 공부요, 도이거늘!

다양한 저축

저축하면 누구나 먼저 돈을 떠올릴 것이다.

그러나 금전 이외에도 귀한 저축은 매우 많다.

우선 독서는 지혜의 저축이다.

가장 큰 저축은 건강을 비축하는 운동이다.

다음이 아름다운 추억을 쌓는 일. 아름다운 추억은 행복을

저축한 결과물이다. 불교에서는 보시布施로 복을 짓는다고 한다.

또한 인간은 현재의 어려움보다 과거의 추한 기억에서

더 큰 불행을 느낀다고 한다.

오늘의 즐거움이 가장 중요하지만, 사실 오늘은 내일의

추억이 될 터. 그래서 우린 후회 없는 과거를 만들어야 한다.

항상 지금 여기를 귀하게 쓰고, 만끽해야 한다.

만끽이란 살아 있는 존재에 대한 감사인데, 이것이

행복 저축의 시작이다. 그러면 돈, 건강, 사랑, 영생까지

모두 저축한다는 신념에 도달하게 된다.

더 바랄 것이 없는 느낌, 만족 그 자체다.

이만한 저축이 또 있을까? 결국 감사, 감사, 감사가

저축되어 행복한 삶이 이어지는 법이다.

● **저축의 크기**

돈<독서(지혜)<운동(건강)<봉사=보시(추억)<감사(행복)

운명의 전환점

심리학에서 잘 정리한 사고의 순서를 살펴보자.
생각이 행동을 부르고, 행동이 오래 가면 습관이 되고,
습관이 쌓여 성격이 되고, 성격이 운명을 결정짓는다.
운명이란 곧 생각에서 비롯된다는 것으로 해석할 수 있다.
명상이 생각을 정리하는 최상의 방법이기에
날마다 명상편지를 띄워 바클 회원들과 나눈다.

운명을 한꺼번에 바꾸려고 하면 대혼란이 일어난다.
돈 문제를 예로 들어보자. 짧은 생각으로 돈을 구하는 순서를
바꾸려고 하면, 자칫 남의 것이 내 것처럼 보여 무리한 수단과
방법을 동원하고, 때로 죄를 짓거나 상대와 원수지간이 된다.

모든 일에는 순서와 절차가 있게 마련인데,
그 순서를 일러 혹자는 도道라 이름한다.
그런데 수도자만 도를 닦는 것이 아니다.
우리가 사는 인생에 구도求道 아닌 것이 없다고 본다.
삶에 질서를 주며 사는 방법, 이것이 바로 도다.
즉 도는 생각에서 시작되어 점차 진행되고 판단되며
마침내 행·불행이 결정되는 것이다.

결심에 이를 때까지 명상하며 자중하는 습관이 중요하다.
이 결심이 곧 나의 각성, 운명의 전환점이라 해도 좋을 터.
누구든 이런 결심은 수없이 하고 산다.

실행 가능한지 또 발전을 이룰 건지는 시간이 좀 지나 봐야
안다. 하지만 내면의 깊은 소리에 귀기울인 자는 예지가 있어
의지를 굳게 다지고 자신감 있게 나아간다.
보통 생의 중간에서 성공과 행복을 맛본 자들은 이것을 안다.
즉 신념의 마력을 안다고나 할까.

바로 이 순간, 이 편지가 운명의 전환점이 될 수 있을까?
마음이 서늘해진다.

소유냐 존재냐

이 문제는 유사 이래 늘 있어 왔던 얘기인데
아직 개인의 철학적 사고에 맡기고 있는 가치관의 영역이다.
그래서 이것의 명백한 가치 기준이 없는 한 나의
존재 이유를 모른다는 것이외다.
우리 역사에서 고려의 불교, 조선의 유교처럼 불문율의
잣대가 있던 시대에는 존재에 더 의미를 두었는데
현대 자본주의에 이르러 물질주의가 힘을 받자
존재가 소유에 묻혀 인간의 가치마저 소유의 척도로
재단되는 우스꽝스러운 세상이 된 것 같다.

대학에서 교양철학이 선택과목이 된 지 좀 되었다고 한다.
학생들이 철학을 멀리해 교양 필수에서 밀렸다는 것.
철학이야말로 존재를 탐구하는 유일한 학문인데
최고학부의 교양 필수에서 사라지다니…….
우리가 참으로 희한한 시대에 산다는 생각이 든다.

그저 대접받고 편하게 살면 그것이 최고인 줄 아는 세대다.
자신에게 무엇이 필요한지 모른 채 술이나 성에 빠지고
심하면 마약에까지 손을 뻗기도 한다.

이 모든 것이 그냥 돈에 의해 좌지우지된다.
이러니 슬픈 영혼을 달랜다고 무수한 종교가 번성하고
어느새 종교 재단들이 세계 최고의 재벌이 되었다.
종교는 인간의 영혼을 달래주는 역할도 하기에
계속 현존하면서 진화에 진화를 거듭하고 있다.

학교교육 등 제도권에 정신과 영혼을 고양하는 프로그램이
있어야 하는데, 정신적 지도자는 제도권으로 들어서기를
꺼릴 뿐 아니라 들어갈 수도 없는 시대인 게 문제다.

각설하고, 존재가 인간의 근본 가치이고,
소유는 현실 극복에 필요한 힘이라 보면 무리가 없을 것 같다.
인간과 세상을 느끼는 삶, 존재 가치를 이해하는 삶이야말로
태어난 보람을 누리는 멋진 삶이 될 것이다.

왜 건전한 오락인가

긴 인생길, 우리는 즐거움樂이 있어야 살아간다.
즐거움을 잃으면 여러 신체기관에 부조화를 이뤄 병이 된다.
중국의 성현 장자는 쾌식, 쾌면, 쾌변을 3쾌快라 부르며
삶의 기초적인 본능으로 즐거움을 말하고 있다.
가장 기본적인 본능을 충족시키는 즐거움도
삶의 소소한 기쁨, 즉 오락이 없다면 매우 힘들다.

인간의 신경계에는 교감신경과 부교감신경이 있다.
두 신경이 조화를 잃으면 불면, 두통, 소화불량, 신경쇠약 등
각종 병이 나타난다고 한다.
이 원초적 균형도 본능이 만족하지 못하면 깨진다는 얘기다.
본능에는 식욕, 성욕, 수면, 운동 등 많은 것이 있는데
그것의 성취를 도와주는 역할이 바로 오락이다.

오락의 종류는 매우 다양하다.
가무, 음주, 스포츠, 바둑, 도박 등 실로 많은 것이 있다.
문제는 그 오락이 건전해야 한다는 것.

미국에서 온 유명 의사가 인체 호르몬인 엔돌핀을

큰 유행어로 만들던 시절 의사 친구에게 물었더니,
즐겁게 일할 때 우리 몸에서 엔돌핀이 팍팍 나와
치료를 도와주고 쾌감도 준단다.

정확히 말하면 그 호르몬은 베타 엔돌핀이다.
베타 엔돌핀은 매우 강력해서 산모에게 1cc만 투여해도
무통분만을 할 수 있을 정도라고 한다.
그런데 우리가 즐겁고 행복해서 파안대소를 하면
베타 엔돌핀 50cc가 한꺼번에 자동으로 분사되는 격이다.
약이라 치면, 우리는 값비싼 보약을 잔뜩 먹은 셈.

건전한 오락으로 삶을 즐겨야 하는 이유가 여기에 있다.
레크리에이션도 직역하면 재창조가 된다.

바보는 왜 힘이 센가

맹자가 젊은 그대에게

"하늘이 장차 이 사람에게 큰일을 맡기려 할 때에는
반드시 그 마음과 뜻을 먼저 괴롭히고
뼈마디가 꺾어지는 고난을 당하게 하며
그 몸을 굶주리게 하고,
생활은 빈궁에 빠뜨려 하는 일마다 어지럽게 하느니라.
이는 그 마음을 두들겨서 참을성을 길러주어
지금까지 할 수 없었던 일도 해내는 힘을 키워주기 위함이라."

옛 선비들이 가슴에 꼭 품고 다닌 맹자의 말씀이외다.
젊어 고생은 사서라도 해야 한다는 뜻이외다.
사계절의 날씨를 모두 이겨낸 나무는 나이테가 단단하게
자라듯이 고생은 젊은이를 큰 사람으로 키워 그가 장차
큰일을 할 수 있도록 한다는 거다.

지금 많이 힘든 청춘은
튼실한 재목으로 단련되고 있는 중이므로,
늘 오늘에 최선을 다해야 할 것이다.

하늘은

내 편 네 편이 없고

항상 착한 사람을

돕는다.

— 노자

낭만과 바보

낭만적이라 함은 현실적인 사고에서 벗어나
환상적이고 공상적으로 생각하는 태도를 말한다.
철학이나 문학적으로 말하면 이성적 사고나
현실적 계산을 떠나 무구한 인간본성을 표현하는 어휘다.

바보클럽도 낭만클럽으로 시작해 친목을 도모하다가
사회 기여에 관심을 갖고 봉사 개념을 도입하였다.
낭만적 사상을 지니려면 천진하고 순수하여야 한다.
순수하게 살면서 약삭빠른 자세에서 벗어나야 한다.
세상사에 시달린 상처를 치유해주는 낭만은
남녀노소를 불문, 모든 인간에게 꼭 필요한 숨통이다.
곧 낙천적으로 변화하는 실질적 감정이라 할 수 있다.

● **낭만파** : 모든 예술에서 형식보다 자유로운 사상을 중요하게
여기며 표현하는 조류. 낭만주의浪漫主義 경향을 띤 일파.
● **신낭만주의** : 19~20세기 초엽 독일을 중심으로 일어난
문예운동. 자연주의나 사실주의에 반발해 낭만주의의 부흥을
꾀했다. 프랑스 상징주의의 영향을 받아 허무주의, 유미주의,
신비주의, 괴기주의 등 여러 경향을 띠게 되었다.

영혼의 성장

그가 성취한 사회적 지위로 개인의 성장을 얘기하기 쉽다.
흔히 기업체 임원, 성공한 사업가, 고급 공무원, 대학교수
등으로 우리는 성장의 기준을 잡곤 한다.
그러나 인간은 내적인 영혼의 성장이 우선이다.
외적 성장은 오히려 꺼둘리는 삶에 얽매이게 되어 있다.
살아 있는 존재감을 홀로 느끼고 만끽할 수 있는
영혼이라야 비로소 내적 성장에 시동을 걸게 된다.
날마다 동분서주하는 삶은 영혼에게 여가를 줄 수 없다.
내적 성장은 영혼의 자리에서 맞이하는 마음의 방이다.
사회적으로 성공한 어떤 지위도 그만한 가치가 못 된다.
우리의 경우 경제성장에 내적인 성숙이 미치지 못한 까닭에
세월호 같은 대형 참사가 일어났다.
통탄할 노릇은 종교 지도자라는 이 가운데 일부가
성자의 말씀으로 사업하고 치부한 흔적이 뚜렷이 보인다는
점이다. 타산지석他山之石으로 삼아야 할 일이다.

어느 누구도 대신할 수 없는 내 존재의 영혼을
천천히 맑고 푸르게 관리해야 성장이 가능하다.
외적인 그 무엇도 부러워하지 않아야 가능할 것이다.

믿음과 공부

하늘을 믿는다고 하늘나라에 가는 것은 아니다.
유교에서 말하는 하늘이나 기독교에서 말하는 하나님이나
컨셉트는 모두 비슷하다.
유학자들은 예의 실천을 우선한다.
기독교인은 믿음 하나로 천국에 임한다고 강조한다.
물론 믿음에 실천이 뒤따른다는 전제이리라 짐작된다.

그러나 사후 세계인 천국이니 극락이니 하는 것은 모두
우리 인간이 바라는 염원일 뿐이다.
종교 지도자는 스스로 깨치도록 하는 선에서 끝내야 한다.
깨친 뒤 천당과 지옥을 스스로 알게 해야 마땅하다.
공자의 말씀처럼 살아서의 일도 다 모르는데
어떻게 죽은 후의 일까지 알겠는가?

철학이든 종교든 위인이나 성자에게 배우는 공부라고 여겨야
참된 생각이라 믿는다.
인간이 인간을 구원하든지, 자신이 스스로 구원해야 한다.
무엇을 믿으면 구원받는다는 유혹은 혹세무민惑世誣民이다.
공부라는 신념이 있어야 이런 유혹에 넘어가지 않는다.

만약 내세에 천국이 있다면,

그것은 영혼이 맑고 밝은 자들이

혼백으로 남아 느끼는 황홀의 경지일 것이다.

그것을 살아서 느끼는 자는 현생에서 천국에 임한 것이다.

바로 이것이 노자가 말한 황홀경이다.

결국 스스로 깨우쳐야 믿음이 온전하게 될 것이다.

● **노자 어록**

"하늘의 도道는 다투지 않아도 잘 이기고,

말하지 않아도 잘 응해주고,

부르지 않아도 스스로 오고,

무심하여도(꾀하지 않아도) 스스로 잘 꾀한다.

하늘의 그물은 넓디넓어 엉성하면서도 놓치지 않는다."

인간에 의한 심판

누가 누구를 심판한다는 것은 참 어려운 일이다.
많은 종교가 말세론이나 심판론을 내세워
마음이 약한 이들을 모으고 있다.
물론 법관은 법률을 잣대로 죄인을 심판하고 있다.
그러나 사람이 사람을 심판한다는 점에서 참 힘든 일이다.
위대한 스승 예수는 간음한 여자를 앞에 두고 말했다.
"너희 가운데 죄 없는 자가 저 여인에게 돌을 던져라."

그러나 정치인, 언론인 등이 누구를 죄인이라고 단정하여
여론몰이로 마구 심판하는 모습을 볼 때,
자신은 죄에 대해 양심이 떳떳한지 궁금할 때가 참 많다.
뒷담화로 사람을 심판하는 얘기는 절대로 하지 말자.
오히려 나는 양심에 거리낌 없이 살아왔는지
먼저 반성부터 해야 옳을 것이다.

생각이 바뀌면 세상이 변한다

"세상이 바뀌어야 한다"고 흔히들 말한다.
내 운명이 좋은 쪽으로 바뀔 거라는 막연한 기대에서다.
이것은 일부 지도층이 이 세상을 운영한다는
착각에서 비롯된 발상이다.
지도층이 바뀌고 권력이 재편된다면
나의 운명이 변할 거라는 기대는 의존적인 사고방식.

무엇보다 중요한 것은 나의 가치관과 안목이다.
이 가치관과 안목이 세속에 휘둘린다면 나의 철학이
없는 것이리라. 물론 행복관도 그 속에서 나온다.
즉 나의 생각이 세상에 영향을 미치는 것이다.
좁게는 가족이나 친구에게, 넓게는 사회나 인류에게.

세상이 아무리 변해도 나의 생각이 바뀌지 않으면
운명을 세상사에 맡겨 놓은 것이나 다름없다.
내 사고의 틀이 곧 나의 자화상이다.
꼭 세상에 맞추어 살자는 게 아니다.
내 생각이 바뀌어 모든 것이 아름다워 보일 때
비로소 마음먹은 일들이 순조로워진다는 얘기다.

명상이 주는 행복

두 눈을 편안히 감고 하나의 화두만 생각한 채
다른 것은 모두 잊는 단계만 되어도
나의 심신이 우주와 동일시되는 느낌이 온다.
이 정도 수련만 되어도 건강에 큰 도움이 된다.
마음이 휘둘리는 경우, 맥을 분명히 끊을 수 있다.
사실 잠자는 중에도 생각의 잡다한 맥을 끊기 힘들다.
우리의 생각이 꼬리에 꼬리를 물고 있기 때문이다.

여기서 명제의 답이 문득 의식의 표면으로 나왔을 때는
그 기쁨을 글로 표현하기 어렵다.
현대 의학이 증명한 바, 그때 뇌내 호르몬이 분비되어
쾌락과 면역력이 생겨나기 때문이다.
만약 머리가 아프다는 착각에서 벗어났는데,
그때가 진리에 감동한 시점이라면 헤아릴 수 없는
행복감이 온몸을 휘감을 것이다.
이런 진전이 계속될 때 우리는 영적 성장을 거듭한다.
건강 또한 제자리를 온전히 잡는다.
원효대사가 말씀하신 일체유심조一切唯心造도 맛보게 된다.
이 세상 모든 것은 오로지 마음이 만들어낸다.

이 찬란한 봄

어느 중국 시인은 화창한 봄 날씨를 단 1각15분 정도일지라도
순금 1만 냥과 바꾸지 않겠다고 노래했다.
유한한 인생과 마음의 여유를 노래한 것이라 생각된다.
참으로 시인다운 표현이다.

그러나 언제 훌쩍 세상을 떠날지 아는 사람이 아무도 없다.
단지 젊고 건강하니 죽음을 생각하기 싫은 것이다.
영겁의 시간에 너무나 짧은 시간을 살고 간다는 생각으로
오늘 하루 최선을 다해 후회 없는 과거를 남겨야 한다.

새싹은 겨우내 준비해 봄기운에 활짝 움을 틔운다.
이 아름다운 봄 1각을 금 1만 냥과 비교한 옛 시인은
인생이란 순간순간 살다가는 것임을 강조하고 싶었을 게다.
그 순간이 또 오지 않을 뿐더러 언제 마지막이 올지 모르기에
금 1만 냥에 비교해 이 소중한 순간을 찬양한 듯하다.

그대는 이 찬란한 봄을 어떻게 맞고 있는가?
소유의 삶으로는 맛볼 수 없는 이 눈부신 봄을
느낌의 삶 차원에서 매순간 만끽하며 살아야겠다.

즐겁게 성공한 바보들의 모임 '바보클럽'

<내가 바보가 되면 친구가 모인다>. 2001년 처음 서점에
모습을 보인 이 책은 출간 즉시 베스트셀러가 되었다.
부산에 근거지를 둔 삼원기업 강민수 대표의 50년 삶을
정리한 수필집이었다. 강 대표는 부산에서 공무원으로
생활하던 중 좀더 큰 뜻을 품고 30대 초반 과감하게
광고사업에 뛰어든 중견 기업인이었다.
책을 통하여 '나는 바보'라는 역발상으로 당시 우리 사회에
신선한 충격을 주었던 그는 바로 화제의 인물로 떠올랐다.
동시에 "나도 바보 마인드로 살아왔다"고 고백하는
4050세대의 독자가 하나 둘, 그의 주변에 모이게 되었다.

"천진하고 순수한 바보 마인드로 성공과 행복을
추구한다" 이 모토로 40여 명의 중·장년이
낭만적인 친목모임을 시작했는데, 횟수가 거듭됨에 따라
자연스레 "바보가 세상을 바꾼다"라는 뜻을 품은 조직으로
발전하여, 사회와 미래의 삶에 기여하자고 의기투합하게 되었다.

1530세대의 학생, 회사원, 자영업자 등 '젊은 바보들'의
적극적인 참여를 바탕으로, 마침내 2004년 400여 명의 회원이
창립대회와 함께 '바보클럽' 활동을 시작하였다.

바보클럽은 젊은 바보를 주축으로 한 '땀바땀 흘리는 바보 봉사단'을 출범시키면서 홈페이지www.ibaboclub.com를 새로이 만들고, 이웃에 적극적으로 시선을 돌리면서 소액 모금회인 '4750후원회'도 조직하였다.

땀바 봉사단은 30여 명의 회원으로 시동을 걸었는데, 10년이 흐른 지금, 치매노인 요양원, 지적장애인 시설, 지역아동센터, 유기동물 보호소, 목욕 멘토링 등 매월 10여 개의 다양한 봉사활동을 꾸준히 진행하고 있다. 전국의 온라인 회원 7,000여 명, 부산 지역에서 월평균 200명이 직접 참여하는 봉사단으로 성장하였다. 땀바 봉사단을 이끄는 10여 명의 운영진은 지속적인 바보 마인드 교육을 통해 특별한 바보 리더십을 체득해 나가고 있다.

현재 바보클럽은 NGO(비영리민간단체, 부산시 아동청소년담당관실 소속), 봉사시간 인증수요처, 기부금 대상(기획재정부 등록) 민간 단체로 지정되면서, 부산의 대표적인 봉사 단체로서 체계적인 면모를 갖추고 오늘도 열심히 땀 흘리고 있다.

바보의 빛으로 세상을 밝히는 '4750후원회'

2003년 9월, 바보클럽 홈페이지에 글 하나가 올라왔다.

"김동건 아나운서가 진행하던 '11시에 만납시다'라는
프로그램이었으니까, 꽤 오래전이었습니다.
그 소녀는 주변에서 흔히 볼 수 있는 그런 생김새의
소녀였습니다. 아마도 성실하게 사는 소녀 가장이라 토크쇼에
초대된 모양이었습니다. 소녀는 병든 할머니와 어린 남동생과
함께 산동네에 산다고 했습니다. 소녀의 아버지는 소녀가
어렸을 때 돌아가셨고, 그런 얼마 후 어머니가 집을 나갔다고
했습니다. 그 소녀의 이름은 기억이 잘 나지 않지만, 소녀는 자신도
남들처럼 행복했으면 좋겠다는 말을 조심스럽게 꺼냈습니다.
김동건 아나운서가 어떻게 하면 행복할 수 있겠느냐고
소녀에게 물었습니다. 그녀는 동생과 함께 어린이 대공원에
가서 아이스크림도 먹고, 평소에 타보고 싶던 바이킹이란
놀이기구도 타고 싶다고 얼굴을 붉히며 말했습니다.
진행자의 눈시울이 붉어지면서, 그 비용을 자신이 낼 터이니
얼마면 되겠느냐고 소녀에게 물었습니다.
소녀는 의외의 제안에 잠시 생각에 잠기는 듯했습니다.
소녀는 조심스럽게 4,750원이라고 상세한 사용처를 밝혔습니다.
입장료, 아이스크림, 바이킹요금, 대공원까지의 왕복

버스요금……. 텔레비전을 보며 속으로 10만 원쯤 생각했던 저는 조그맣게 "바보, 바보, 바보" 하고 읊조렸습니다.

지금은 크리스마스도, 5월도, 연말연시도 아닙니다.

하지만 주변에는 우리가 상상도 못하는 액수로 한 달을 생활하는 소년소녀 가장이 많습니다.

그러나 우리들은 122 개의 온갖 핑계를 대며 그들을 돕는 걸 망설입니다. 우리는 거창한 조건들이 갖추어져야 행복하다고 생각할 때가 많습니다. 조금만 욕심을 버리고 주변을 돌아보면 감사할 일과 행복한 일들이 너무나 많습니다."

이 글을 읽은 바보클럽의 한 회원이 아름다운 취지의 후원회를 운영해보자며 제안하였고, 곧 소액 모금회 '4750후원회'를 시작하게 되었다.

지난 2003년부터 2007년까지 4750후원회는 바보클럽의 운영과 정부나 기타 법인단체들의 지원에서 제외되며 사각지대에 놓인 저소득가정의 어린이를 돕는데 후원금을 사용했다.

현재는 더 많은 봉사자가 봉사활동에 참여할 수 있도록 봉사자 지원비까지 맡고 있다. 바보클럽을 통해 우리 사회에 기여하는 리더십 있고 건강한 젊은이들이 더욱 많아지길 기대해본다.

2

'지금 여기에' 산다는 것

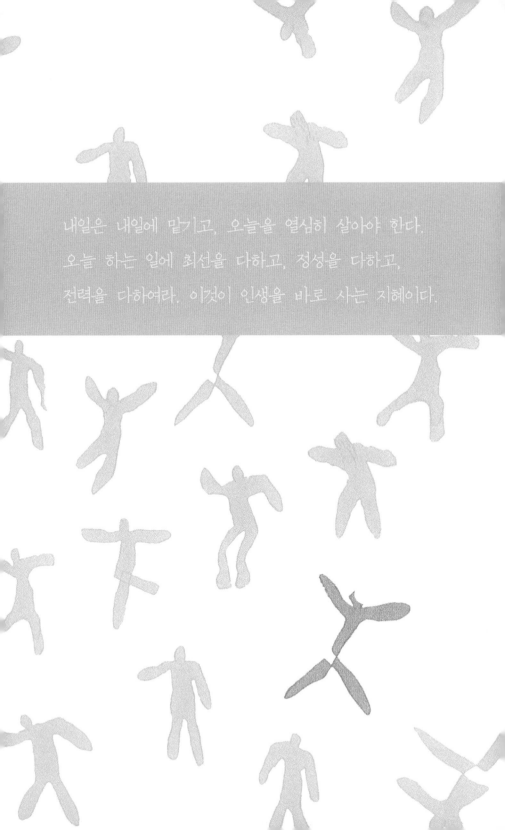

내일은 내일에 맡기고, 오늘을 열심히 살아야 한다.
오늘 하는 일에 최선을 다하고, 정성을 다하고,
전력을 다하여라. 이것이 인생을 바로 사는 지혜이다.

행복, 그 내용

행복이 정말 가능할까?
혹자或者는 잠깐 느끼는 평안을 행복이라고 말한다.
대부분의 불행은 상대적 빈곤 때문에 온다.
이와 연관 지어 상대적 행복이라는 개념도 존재할 수
있을 듯하다.
그러나 행복이란 비교의 대상이 아니다.
만약 비교적 행복하다, 비교적 불행하다는 생각이 있다면
그것은 바람직하지 않다는 얘기이다.
상대적 행복이란 교만과 관계가 있고,
상대적 빈곤이란 비굴에 관련이 있다

진정으로 행복한 마음 상태 또는 행복이란 관념은
절대적 비교에서 맛보는 안식을 말하는 것이다.
즉, 나의 경험을 시간대로 비춰보며 생기는 만족감이라 할까?
예를 들면 '젊을 때 고생은 사서라도 한다'는 속담이 있다.
흔히 자립할 수 있는 마음가짐을 닦는 기반으로 젊은 시절의
힘든 고생을 뜻하는 것 같다.
이것도 맞는 생각이다.
그러나 여기서 더 중요한 것은 지난날의 고생을 딛고 일어선

지금의 모습을 통해 느끼는 행복이다.

이것이 절대적 비교의 행복이다.

고통이 싫어 젊어서 노력을 게을리 한 자들을 보자면,

가질 것 다 갖고도 늙음을 한탄하며 세상 시름 안고 살거나

쪽박 차고 신세 한탄이나 하면서 세상 불만을 노래한다.

우리 조상들의 선비정신엔 안빈낙도란 철학이 있다.

가난하지만 많이 가진 데서 오는 불편보다 오히려

편안하고 단출한 마음을 즐긴다는 뜻이다.

선비들은 비교 대상을 물질이나 권력에 두지 않고

자기수신을 게으르지 않게 해온 장부였던 것이다.

행복이란 어떤 목표에 도달해 이뤄내는 상대적 마음 상태가

아니라 자기이상을 이뤄가는 과정의 즐거움인 것이다.

즉, 어제보다 나은 나의 처지가 한몫할 수 있고

영겁에 비교해 턱없이 짧은 인생, 그래도 지금 살아 있음을

하늘에 감사하게 느끼는 것도 한 즐거움일 수 있다.

또한 인생은 '지금 여기'밖에 없다.

'지금 여기에' 산다는 것

'어제'는 지나간 기억일 뿐 실존하지 않고
'내일'은 와봐야 실재하는 것이다.
그러니까 '지금 여기' 즉, 시공의 찰나 '시방' 말고는
행복이 불가능하다.
그러므로 지금 이 순간을 즐겨야 한다.
나머지는 공염불에 불과하리라.

Now and Here

세월이 덧없이 간다고 야단들이다. 허나 시간은
관념 속의 셈. 영겁의 시간도 우리의 관념에 불과하다.
사실 우리가 사라지고 있으며, 시간은 가만히 있는데
인간이 세월이 간다고 믿는 것이다.
1천년 전 역사를 지금 느끼고 있으며,
미래도 내 관념으로 짐작할 뿐이다.
서서히 사라지는 인생을 산술해 봐야 아무 소용도 없는 법.
지금 여기Now and Here만이 의미가 있을 뿐. 시방 누구와 무엇을
하고 있는지, 정신은 맑은지가 문제인 것이다.

심리학자 버컬리는 '인생은 관념의 다발'이라고 얘기했다.
오늘이 괴로운 게 아니라 과거의 기억들로 힘든 것이란 말도
설득력이 있다. 모든 것은 사라지고 추억으로 남는다.
그러니 나를 세월에 맡기지 말고 오늘을 살기 바란다.
정신이 다하면 가족, 친구, 돈, 권세, 명예 다 소용없는 법.
어린 시절 딱지와 신나게 놀았지만 어른이 되면 필요 없는 이치와
같다. 지금을 위해 살아왔고 또 지금을 사는 것일 뿐.
시공의 정점, 지금 말고는 존재가 불가능하다.
"당신, 시방 뭐하고 있소?"

'지금 여기에' 산다는 것

오늘 아침

오늘은 다가올 내 인생이 최고로 젊은 날이다.
이제까지의 삶은 오늘을 맞이하기 위한 준비의 세월과
낭만의 주춧돌이었다고 여기고 있기에
오늘을 생애 최고의 날로 기쁘게 맞이할 것이다.

내일은 무슨 일이 일어날지 아무도 모른다.
사실 오늘도 여태껏 경험하지 않은 스릴 넘치는 미지의
순간을 보내고 있는 것이다.
오직 어제와 같을 것이라는 믿음에 안주하고 있다.
이 순간은 그 어느 때도 없었던 미지의 세계,
거대한 우주의 기운을 가슴 설레며 만끽하는 오늘이
인생의 정점인 것이다.
시간의 영겁에 비하면 생은 찰나일 수 있으나,
지금 현존하는 이 기쁨으로 새 생명과 새로운 일을 만들어가는
설렘이 행복으로 다가온다.
그래서 천주교의 어느 신부님은 '얻어먹을 힘만 있어도
하느님의 축복'이라고 했었나 보다.

가슴을 쭉 펴고 심호흡을 크게 해보자.

그 호흡이 우주와 내가 하나인 증명인 것이다.
순간의 호흡을 멈추면 인간의 생은 한 줌 흙만도 못한 존재가
되고 만다.

언젠가는 맞이하지 못할 소중한 이 시간이기에
하늘에 엎드려 감사드리며, 그대와 함께 시작하고 싶다.
동이 막 트는 이 순간,
오늘이 생애 최고의 날이라고 아침 인사를 드리면서
하루를 일생처럼 일일 결산할 때에
그대를 알게 된 건 충분한 보너스라고 삶의 계정에 기록하리라.
그대 덕분에 참 행복했노라고……

'지금 여기에' 산다는 것

이 작은 꿈

젊었을 때는 꿈을 먹고 살며, 늙으면 추억을 먹으며
산다고 하더이다. 맞는 말이긴 하다.
허나 인생은 살아 있는 한 꿈을 갖고 살아야 한다.
자칫 숫자로 인생을 받아들여 곧 죽을 거라는 생각으로
우울에 빠진 이를 본다. 하루의 가치를 깨우쳐야 할 것 같다.

몇 해 전 새해 인사를 나누던 중, 큰형님이 나이 얘기를 하다가
"이제 하루를 금쪽같이 살아야 안 되겠나!"라고 하실 때
뇌리에서 불이 번쩍 일었다.
동시에 나이가 들수록 가치와 느낌을 깊이 알고 느끼는 삶을
살 수 있겠다는 생각에 이르렀다.

10년 전 '바보클럽 명상편지'는 남의 좋은 글을 발췌해
올리고, 내가 설명을 덧붙이는 형식으로 출발했다.
10년이 흐른 지금, 나이에서 얻은 지식과 경험을 토대로 삼고
젊었을 때의 시행착오를 큰 공부로 삼으니
이전에는 맛보지 못한 감정이 새록새록 가슴을 저민다.
이제 모든 책을 덮고 내 뜻과 느낌만으로 명상편지를 띄우겠다.
요즘 이 작은 꿈이 가슴을 뛰게 하는 생기가 되었다.

겸양은 인격을 완성하는

가장 큰 덕목이다.

겸양이 필요 없는

위대한 인간이란 없다.

— 레프 톨스토이

건강, 의무이자 권리

건강이 곧 시간이고 생명이다.
보통 정신적, 육체적, 사회적 생활에 지장이 없는 상태를
건강하다고 말한다.
그래서 건강에 대한 무수한 비법에, 건강식품에, 약도 많다.
건강할 땐 건강은 기본이고
또 다른 것을 염두에 두고 막 달리거나 그냥 모르고 지나간다.
그러다 건강에 문제가 생기면 우왕좌왕하기 일쑤다.
요사이 소득 수준이 한껏 높아지고 나니
건강에 대한 관심과 조바심이 늘어나는 것이 사실이다.
그러나 건강이 아끼고 조심해서 되는 일이라면
여유 있는 부자는 다 건강해야 맞지 않겠나.
하지만 건강은 순전히 내 책임이고 권리다.

꼭 한 가지 짚고 넘어갈 것이 있다.
건강하려면 모든 일상이 즐거워야 한다는 것이다.
성현 장자는 "건강하려면 잘 먹고 잘 자고 잘 배출해야 한다"고
했다. 이것을 3쾌라고 한다.
잘 먹으려면 우선 시장기가 있어야 하고
잘 자려면 오늘 내 역할에 충실해야 미련 없이 마음 편히

꿈나라에 달게 갈 수 있다.
그러면 생체 리듬이 맞아 배출은 저절로 잘될 것이다.

여기에 한 가지 덧붙일 것이 운동이다.
정신의학자에 따르면, 뇌는 운동할 때 가장 많이 쉰다고 한다.
잠잘 때도 뇌는 쉴 없이 꿈꾸며 활동을 한다.
또한 운동은 시장기를 만드는 최고의 물리적 작용이다.
중환자를 제외하면, 운동이 최상의 물리치료에 해당된다.
운동은 내가 겪은 바, 3쾌 다음으로 1쾌로 덧붙일 만한
최고로 건전한 쾌락이다. 현대 의학으로도 검증되었다.

요약하면 일, 식사, 수면, 운동, 오락, 명상, 사랑 등을
건강하게 사는 방법으로 이해하면 착오가 없을 듯하다.
또 내가 건강해야 다른 사람을 도울 수 있다.
건강하지 않으면 누군가의 도움을 받을 수밖에 없다.
그래서 '건강은 의무고 책임이자 권리'라고 말하는 것이다.

자아실현

심리학자 매슬로우의 '인간욕구 5단계설'은 모르는 사람이
없을 정도로 유명한 학설일 것이다.
우리도 한번 짚고 넘어가보기로 하자.
첫째가 위생 욕구 단계,
둘째는 안전 욕구 단계,
셋째가 애정 욕구 단계,
넷째는 존경 욕구 단계,
다섯째가 자아실현 단계라고 한다.

이 이론은 심리학을 비롯, 경영학 등에서 자주 쓰인다.
당연히 먹고사는 문제가 첫 단계로 시작된다.
아래 단계가 만족되어야 위의 단계로 욕구가 넘어간다는
이론이다. 물론 맞는 말이다.
그러나 인간이 아는 한 포인트는 꼭 이 순서대로 진행되는
것은 아니다. 슈바이처 박사나 테레사 수녀, 인도의 간디
같은 분을 생각하면 이해가 쉬우리라 믿는다.

간디를 잠시 예로 들어보자. 그는 영국의 식민지였던 인도가
무혈혁명으로 독립하는 데 일등 공신인 분이다.

인도의 정신적 지도자 간디는 오두막집에서 물레를 저어가며
정신적 자립이 독립의 가장 큰 힘이라는 사실을 몸소
무소유를 통해 실천해 보였다.
그 작고 깡마른 지도자의 크고 넉넉한 정신이 잠자고 있던
인도 국민을 깨어나게 해 독립의 단초가 되었다.
간디는 그렇게 자기 사명으로 믿은 독립이라는 자아실현을
이루어낸 것이다.

그러나 대다수의 사람은 매슬로우의 이론에 맞는 삶을 살고 있다.
그래서 소유의 집착에서 조금 벗어나면 자아실현이 훨씬
쉬워진다는 얘기를 하고 싶다.
누구나 자아실현을 원하지만 그것을 이루는 이가 많지 않은
것은 소유에 대한 집착과 게으름 때문이다.

나의 경우는 꼭 자아실현에 성공하기 위해서라기보다도
생이 끝나는 날, "후회나 미련 없이 살았노라"고 하늘에 고하고
싶은 마음이 더 크다.
이것은 동양사상에서 말하는 오복의 하나인 고종명考終命,
즉 잘 죽는 것과도 통한다.

'지금 여기에' 산다는 것

운동, 제4의 쾌

보통 운동이 정지된 상태를 죽음이라 한다.
곧 살아 있다는 증거가 운동이다.
생생하게 살려면 운동을 염두에 두어야 한다.
생생하게 산다는 것은 업up해서 산다는 뜻이기도 하다.
의학에서는 심장이 멎은 상태를 죽음이라 하더이다.

하루야마 시게오는 <뇌내혁명>에서 근육이 '제2의 심장'이라며
심장이 활발하려면 근육을 잘 발달시켜야 한다고 했다.
더 중요한 건 운동하는 동안 대뇌에서 베타 엔돌핀 같은,
쾌락을 주는 여러 호르몬이 나와 면역력을 키운다는 것이다.

<구약성서>는 인간이 땀을 흘리고 밥을 먹게끔
창조되었다고 기록해놓았다. 그러나 농경시대에는 이것이
가능했지만 현대는 문명의 이기로 머리만 쓰고도 밥을
먹을 수 있게 되었다. 이후 문제가 심각해졌다.
또 노동자나 운동선수는 과도한 운동량에 활성산소가 나와
오히려 문제가 되기도 한다.

그러나 현대는 정신노동자가 대부분이라 별도로 운동을

해야 신체 균형을 유지할 수 있다고 의학계는 보고서를 낸다.
뉴스도 정치 경제 사회 문화 등을 다룬 후, 따로 스포츠뉴스를
독립시킬 정도로 운동에 대해 관심이 높다.

'제3의 물결'을 말한 20세기의 미래 예언자 앨빈 토플러는
21세기는 3S시대라고 예언했는데, 맞아 들어가고 있다.
스포츠, 스피드, 섹스가 그것이다.

선수 중심의 엘리트 체육은 흥미나 동기 유발에 유효하지만
생활체육이 국민건강을 지킨다는 주장은 설득력이 있다.
참 바람직한 모습이다. 허나 게으름이 몸에 배면 하루 일과
중 운동을 넣어 생활하기가 쉽지 않다.
덴마크 격언에 "나쁜 자에게는 악마가 하나 따라다니고,
게으른 자에게는 악마 백이 따라다닌다"고 했다.
곰곰이 생각해볼 일이다.

인생의 제1락樂은 먹는 즐거움인데, 이것 역시 시장기가
없으면 즐거움이 못 된다.
운동 뒤의 시장기, 당당한 인생 제일의 행복감 후보이다.

관상도 바뀐다

관상학이라 하면 흔히 특별한 도인이나 신기神氣가 있는
사람이 하는 것으로 생각한다. 그러나 관상학은
수천 년 동안 내려온 통계학에 기초를 두고 있다.
이렇게 생긴 사람은 이러이러하더라는 기본 통계를
기준으로 판단하는 일종의 인문과학이라고 할 수 있다.
관상은 골상과 색상으로 구분된다.
골상은 타고난 생김새를 말하고, 색상은 후천적으로
마음이나 생활에서 묻은 얼굴빛으로 해석한다.
골상은 거의 변하지 않으나 색상은 마음 짓는 대로 간다.

관상학의 전문가여서 이것을 설명하려는 게 아니고
색상은 마음먹은 대로 바뀐다는 사실을 알려주고 싶을 뿐.
관상으로 운명을 점친다고 하면 마음먹기에 따라 운명이
바뀔 수도 있다는 뜻이다. 어느 정도 세상살이에 이력이 붙으면
관상학을 특별히 공부하지 않아도 얼굴 표정과 말과 행동으로
그의 사람됨을 어림잡아 점칠 수 있다.

"40세가 되면 자기 얼굴에 책임을 져야 한다"고 말한
미국의 링컨 대통령이 기억난다.

40세가 되면 관상이 확연히 자리잡고, 지나온 마음 씀씀이가
얼굴에 나타나 남이 알아볼 수 있을 만큼 된다는 뜻 같다.

천진하고 순수한 바보의 심성은 가장 편안하고 화사한 얼굴을
만들어갈 거란 생각에서 여기에 쓴다.
바보클럽 봉사단인 땀바땀 흘리는 바보 봉사단의 얼굴은
하나같이 어찌 그리 평안하게 보이는지, 볼 때마다
참 복 받은 사람들이라는 생각이 든다.
관상이 좋으면 자연히 사람을 끄는 힘을 가지게 된다.
인간은 평안한 사람을 좋아한다. 살아온 과거가
소로시 묻어 있는데, 순간순간 아무리 잘해도 얼굴 표정이
좋지 않으면 얼마나 안타까운 일이겠는가.

오늘부터라도 생활에서 덕성을 쌓아, 좋은 관상을 만들어갈
수 있다는 생각에 빙긋 입꼬리가 올라간다.

'지금 여기에' 산다는 것

약속, 세상살이 1순위

세상살이의 1순위가 예의이고, 예의의 1순위가 약속이다.
약속의 기본은 시간약속이고, 시간약속의 1순위가
직장 출근시간이다. 이외에 무수히 많은 약속이 있겠지만
어떤 약속도 다 지켜져야 한다. 만약 약속이 지켜지지 않으면
신용은 사라지고 사회는 어지러워질 것이다.
자기 딴엔 열심히 살았는데 뜻대로 안 된다는 사람 중에
어느 한 부분이라도 약속에 소홀했다는 사실을 잊고 있는
이가 의외로 많다.

약속을 세분하면, 결혼이나 계약뿐 아니라 친구나
애인 사이의 대화 내용도 모두 약속에 속한다.
제일 어려운 약속은 타인은 모르는 자기와의 약속이다.
성공한 이들의 큰 공통점은 남과의 약속은 물론, 자기와의
약속도 지켰다는 것이다. 이것은 정직과 신념과 행동이
합쳐진 생활철학이 분명한 자만이 지킬 수 있다.
만약 이것 없이 성공이나 행복을 논한다면 생각을 다시 추슬러야
하리라. 첫 단추를 새로 끼우고 시작해야 한다는 얘기다.
약속이 신용이고 믿음이다. 믿음 없이는 진정한 친구가 한 명도
있을 수 없는 인생의 첫째 기본이다.

마음속의 스승

남의 말을 귀담아 듣는 자세가 스승을 모시는
첫걸음이다. 간혹 학벌이나 지위가 높은 사람,
부유한 이들이 자만해 남의 말을 듣지 않는
태도를 보면, 그 교만에 머리가 저어진다.

살아오면서 몇 분의 스승이 없었을 리 만무하다.
자신의 장점을 의식하면서 타인의 단점을 먼저
보려는 자는 참스승이 스쳐가도 알아볼 리 없다.
친구와 사귐에서도 그의 장점을 먼저 보면
몇몇의 본받을 점이 분명 있다.
예컨대 10명의 친구에게 장점을 한 가지씩만 따오면,
성자를 한 분 모시고 사는 것과 비슷하지 않을까?

마음으로 모시는 스승이 따로 없더라도 만나는
누구에게든 배우는 자세라면, 역시 성자 한 분쯤
섬기며 사는 것과 마찬가지이리라.
후회 없는 과거를 남기려면 스승을 모시는
제자의 자세가 필요할 것이다.
그것을 옛 유학자들은 겸손이라고 이름하더이다.

인문학 고전 읽기 1

옛말이 전해져온 기록을 인문학 고전이라 한다.
<논어> 위정편에 나오는 온고지신溫故知新(옛것을 익혀
그것으로 미루어 새것을 안다)의 뜻이 인문학 고전을 읽는 이유가
될는지. 그래서 역사에 정통하면 미래가 보인다고 한다.
개인이 지난날을 회고해보면 대부분 미래가
예측가능한 것과 같은 맥락일 것이다.

요사이 인문학 고전 읽기 운동이 활발하다고 한다.
모든 역사책, 오래된 종교 경전, 성자와 성현의 말씀과 행동의
기록을 통틀어 인문학 고전이라고 보면 틀림이 없겠다.
유대인은 조상의 지혜를 모은 <탈무드>라는 고전을
경전처럼 받들어 읽고 생활의 지침으로 삼는다.
오래된 종교의 경전은 인문학 고전으로 충분하다.
그래서 믿든 안 믿든 필독을 꼭 권하고 싶다.
예로, 기독교의 <성경>, 불교의 여러 경전, 유교의 사서삼경,
이슬람교의 <코란> 등을 읽어두면 우주관, 역사관,
가치관을 세우는 데 굉장한 도움이 될 거라고 확신한다.

나는 어려서 한 종교에 심취했다가 후에 길이 보이지 않아

꽤 긴 시간을 이런저런 고전을 탐독하며 보냈는데,
그것이 종교관을 세우는 데는 물론이고, 아주 젊은 나이에
사업을 시작하면서 부모나 삼촌뻘의 어른들과 대화하는데
엄청난 밑천이 되었다. 바이어를 상대로 사업보다 철학을
논하는 데 중점을 두기도 했다.

결국 철학으로 의기투합된 바이어나 직간접의 스폰서들은
나의 사람됨을 믿고 오래도록 함께해주었다.
마케팅의 세계에서도 계산보다 상대의 인격을 먼저 보는
것이 사실이었다. 그점에서 나는 행운아였다.
쉽게 말해서 고급 세일즈는 철학적인 세계관이 통할 때
굳이 계산을 앞세우지 않아도 된다는 얘기다.
그것도 아주 멋진 후원자를 만들어 가면서까지 말이다.
사업 밑천은 99%가 철학과 신용이고 1%가 계산이었다.
그것은 지금도 마찬가지다.

어렸을 때 인문학 고전이 돈이 될 거라고는 상상도 못했다.
지난 세월 참 고마운 분들이 내 세계관을 믿고 격려해주신
덕분에, 다시 오늘을 생의 최고의 날로 맞이한다.

'지금 여기에' 산다는 것

인문학 고전 읽기 2

어린 아인슈타인은 공부에 흥미가 없어 늘 낙제를 했다.
그런 그가 10대 어느 날, 칸트의 <순수이성비판>이란 책을
접하게 되었다. 인간의 정신세계에 깊고 무궁한 힘이
있다는 생각에 이르게 되었다. 그 힘을 믿은 아인슈타인은
20대 시절 자기만의 세계에 빠져 공부에 열중하고
물리학 분야에서 '상대성 이론'을 발견하게 된다.
<순수이성비판>이란 인문학 고전 독서가 자연과학에
도전하는 계기가 된 것이다.
자연과학도에게도 인문학 고전은 필독서로 아주 좋다.
인간의 혼불을 발화시키는 원동력이 인문학인 까닭이다.
더욱이 인문학 고전은 오랜 동안 검증을 거친 지혜가
농축돼 있기에 젊어 읽을수록 엄청 도움이 될 것이다.
우리 '바클' 회원께 깨달음이 와 세상을 크게 바꿀지는
아무도 모른다. 지금 이 순간 이웃과 더불어 세상을 함께
살겠다는 뜻이 얼마나 고마운지 모르겠다.
예부터 청춘은 늘 불안하고 분주하다. 그럼에도 먼길의
이정표를 찾기 위해 마음과 몸을 닦는 '바클'의 '땀바'들은
상상을 초월하는 인류의 빛이 되리라 믿는다.
결국 고전은 인생의 목적지를 찾는 약도와 같은 것이다.

일구입혼, 골프와 인생

골프에 3C란 것이 있다.
집중력Concentration, 자신감Confidence, 조절Control.
골프는 바둑과 같이 누구에게나 한 번씩의 기회가 주어진다.
항상 원 샷이다.
공을 칠 때 필요한 것은 집중력과 자신감이다.
자신감이 부족하면 십중팔구 엉뚱한 방향으로 공이 날아간다.
골프를 칠 때는 공을 조절할 수 있다.
이런 심리적 과정이 있기에 골프를 멘탈 게임이라 한다.

인생도 이와 같다.
어떤 일이든 신념이 부족하면 생각지 못한 방향으로 흘러간다.
바둑에서 한 번의 낙점, 골프에서 한 번의 샷,
인생에서 하루의 삶, 누구에게나 똑같이 주어진 기회다.
이때 일구입혼一球入魂, 공에 혼을 실어 원 샷을 해야 한다.
하루를 일생처럼 최선을 다하는 삶 말이다.

바로 이 신념의 과정이 골프의 3C인 것이다.
그러니 억지로 되는 일이란 없는 법이다.
이 신념이 자신의 혼이고, 자존이고, 힘이다.

'지금 여기에' 산다는 것

하루를 일생처럼

우치무라 간조의 말을 빌려 오늘 편지를 시작해보자.

"인생은 오늘의 연속이다.
어제는 이미 가버린 과거의 시간이고,
내일은 아직 오지 아니한 미래의 시간이다.
내가 유일하게 소유한 시간은 오늘뿐이다.
내가 관리하고, 지배하고, 활용할 시간은 오늘밖에 없다.
오늘처럼 중요한 날은 없다. 오늘을 사랑하고, 오늘을 감사하고,
오늘을 즐기고, 오늘에 최선을 다하며 살아야 한다.
어제를 다시 찾은 사람도 없고, 내일을 본 사람도 없다.
이미 지나가버린 과거에 연연하지 말자.
아직 오지도 않은 미래를 위하여 걱정하지도 말자.
어제는 망각의 과거 속으로 이미 사라졌다.
내일은 내일의 태양이 또다시 뜬다.
지금 내 앞에 존재하는 시간은 오직 오늘뿐이다.

하루하루 한없이 소중하다. 매일매일 최고로 존귀하다.
내일 내가 또 살리라는 아무런 보증도 없다.
내일은 내일에 맡기고, 오늘을 열심히 살아야 한다.

오늘 하는 일에 최선을 다하고, 정성을 다하고, 전력을 다하여라.
이것이 인생을 바로 사는 지혜이다."

평소 잘 아는 형님 한 분이 정신건강과 전문의인데
항상 일일일생一日一生, 하루를 일생처럼 살자고 강조하신다.
오늘 하루에 일생을 축소해 일하고 놀고먹고 자야 한다는 것.
저녁에 잘 죽어야 아침에 잘 태어난다고도 한다.
결국 하루가 일생인 셈이다.

이 생각이 내 것이 되면, 몇 번의 생을 되살고 있다는
느낌이 온다.
앞으로 몇 생을 더 살 수 있다는 여유도 생기고…….
결국 최선을 다하는 충만한 삶이 되는 것이다.
특히 혼자만의 시간을 좀 가지면 나의 존재감에
절로 감사하게 된다. 살아 있음이 고마워서,
누구에게도 말할 수 없는 값진 행복감이 밀려온다.

오늘 나에게 주어진 일생을 어떻게 살까?
벌써 가슴이 설렌다.

'지금 여기에' 산다는 것

우울증 1

누구나 우울할 때가 있다.

우울증은 생각 없이 사는 사람에겐 잘 오지 않는다.

생각이 깊고 양심 바른 사람이 길을 잃어 생긴 병이다.

우울감이 증상으로 드러날 때, 정도의 문제가 있지만

한 가지 꼭 일러두고 싶은 것이 있어 이 편지를 보낸다.

삶은 적극적으로 살아봄직한 것, 여기 희망 메시지를 쓴다.

많은 성인, 현자, 철학자가 청소년기나 청년기에 우울증을

앓고, 그걸 극복하는 과정에 새 세상을 만난 것으로

생각해 봄직하다. 허무에 깊이 빠졌을 때 헤어나기 위한

노력의 결과가 수행 방법으로 전해지는 것으로 생각된다.

어려움 없이 만족한 삶을 사는 이는 깊고 낮은 데를 모르듯,

고뇌에 시달려본 자가 세상의 문을 열 수 있었을 것이다.

왕자인 석가는 허무보다 고행을 선택해 정신의 안정과 새 세상을

보는 개안을 하였다. 그것을 득도得道라 했던가.

안주하거나 겁먹고 포기하면 자살로 이어질 수도 있을 터다.

몸을 더욱 쓰고, 봉사나 명상으로 정면돌파를 하면

더욱 큰 정신세계를 만날 수 있다. 내 경험적 철학이다.

우울증의 극복 과정은 고된 수행을 요한다. 정면돌파를 권한다.

전문의의 도움을 받으면 한결 수월하게 벗어날 것이다.

우울증 2

우리나라에도 상당수의 사람이 우울증을 앓고 있거나
이미 경험했다고 한다.
전문가가 아니면서 우울증에 다시금 관심을 갖는 이유는
유명한 정신적 지도자들에게 우울증이 어떤 영향을 미쳤는지
얘기해주고 싶어서이다.

정신의학의 아버지라 불리는 프로이트는 젊어 우울증을
앓고 정신분석을 전공하는 계기가 되었다고 한다.
자신의 경험을 연구하고 발전시킴으로써 고통에서
벗어난 것이다.
<정신력의 기적> 저자이자 목사이며 정신의학과 의사인
미국의 단 카스트도 우울증으로 소심한 청년기를
보냈다고 한다. 큰길은 피하고 돌아서 골목길로
숨어다녔다고 회고했다.
사방이 막힌 듯한 고통에서 일어나 한 곳에 전력투구하고,
오히려 그 방면의 권위자가 된 사례들이다.
만약 그대가 소심하고 의욕이 없어서 우울증이 의심된다면
명상편지를 읽고 소망하는 한 곳에 전력투구하기 바란다.
증상에서 벗어나는 소중한 경험이 되리라 믿는다.

21세기 동력, 창조와 바보

<제3의 물결>의 지은이 앨빈 토플러는
21세기는 스포츠, 스피드, 섹스의 3S시대라고 한다.
경제 분야는 기술개발 또는 판촉에서 2등은 낙오 당한다.
또한 스포츠 스타의 인기는 다른 연예인이나
문인, 예술가 등에 견주어 타의 추종을 불허한다.
섹시미 또한 건강미로 인정받고 있다.
스피드, 섹스, 스포츠가 서로 연관성이 있다는 얘기다.

문제는 어느 방면이든 선점을 해야 한다는 것이다.
10년 전이 까마득한 과거가 되는 세태에서
다들 마음이 분주하다.
그러나 안 바뀌는 것이 있다.

새롭게 태어날 수 있는 마인드, 즉 창조적 사고에
서둘지 않는 안정된 마음자세이다.
질러가려고 허둥대서는 안 된다는 것이다.
창조와 혁신은 급히 설친다고 되는 게 아니라 차분하고
맑은 정신으로 새로운 것을 보는 눈이 있어야 한다.
그래서 명상도 필요하고 운동도 필요하다.

바로 생기 넘치는 일상사가 그 동력이다.

과거 지식은 타인의 창조를 배우는 것이 거의 전부였다.
21세기의 지식은 타의 추종을 불허하는 나만의 창조를
지녀야 한다. 농경, 산업, 정보 사회를 넘어서
지식의 시대가 도래한 것이다.
삼성과 애플은 신지식의 선점을 놓고 세계 다투고 있다.

수재가 남의 지식을 배워서 써먹는 수준이라면,
창조는 소처럼 뚝심 있는 바보라야 해낼 수 있다는 것.
꼭 가슴에 새겨주기 바란다.

'지금 여기에' 산다는 것

생력처를 챙길 것

생력처省力處란 불교 수행자가 화두를 안고 참선할 때
다른 생각이 끼어들지 않도록 하기 위함인데,
생력처가 있으면 어렵지 않게 잡념을 없앨 수 있다고 한다.
때로 득력처得力處라고도 한다. 힘을 얻는다는 뜻이다.
즉, 잡념과 번뇌를 잊기 위해서는 그것이 무엇이든
일거리가 있어야 한다는 얘기다.

시인이자 불교 법사인 학교 선배가 어떤 암자에서
휴양하고 있을 때, 자식을 교통사고로 잃은 한 아주머니가
며칠째 불공을 드리면서 같은 암자에 묵고 있었다.
안절부절못하는 모습이 딱해 말벗을 해주며 위로하던 중
생력처가 떠올라 그녀를 불렀다.

"자식을 잃은 아픔이야 무엇에 비할 수 있겠소?
그래도 산 자는 살아야 하지 않겠소. 어떻게 하면 죽은 아들이
바라는 삶을 살 수 있을까? 내가 시키는 대로 해보겠소?"
"네, 그렇게 하겠습니다."
"이 바가지를 드릴 테니, 하루에 다섯 바가지씩 다슬기를
잡아보시오."

매일 5바가지씩 다슬기를 잡던 아주머니는 며칠이 지나자
법사에게 다가와 세 번 큰절을 하였다.
"이 어미가 어떻게 사는 것이 아들의 뜻인지 깨닫게 해주셔서
감사합니다"는 말을 남기고 그녀는 절을 떠났다.

이후에도 일 년에 한 번쯤 꼭 찾아와 인사한다는 그녀는
음식점을 개업하여 유명한 맛집으로 키워냈을 정도로
아주 열심히 산다고 한다.
며칠 다슬기를 잡는 동안 죽은 아들을 잠시나마 잊고
현재의 일에 집중하다보니 생력처를 깨달은 것이다.

취업 준비를 하는 동안에도 아르바이트나 봉사, 운동 등을
꾸준히 해야 한다. 멍하니 무작정 시간을 보내면
병이 나거나 정신이 황폐해진다는 뜻이다.
이 일, 저 소일거리가 바로 생력처이다.
먹고사는 데 문제가 없는 이일지라도 소일거리를 갖거나
봉사 등 뭐라도 해야 건강한 일상이 된다는 얘기다.

'지금 여기에' 산다는 것

권력의 미덕과 비극

권력, 남을 강제할 수 있는 힘.
이 막강한 힘을 어디에 어떻게 써야 할까.
그 힘을 공익에 쓰는 경우와 사익에 쓰는 경우,
그 결과는 엄청난 차이를 가져온다.

필리핀의 마르코스 대통령과 한국의 박정희 대통령은
동시대에 똑같은 기간인 18년을 각각 집권했다.
둘의 집권이 시작될 무렵, 필리핀의 GNP가
한국의 GNP보다 훨씬 높았다.

집권이 끝난 18년 후의 결과는 어떠한가.
필리핀은 GNP가 제자리걸음이고 복지는 후퇴하였다.
이에 반해 한국은 GNP가 몇십 배로 성장했고
복지수준은 선진국에 가까울 정도가 되었다.

지도자 한 명이 얼마나 중요한지 확연히 드러나고 있다.
그래서 작든 크든 권력을 쥐어줄 때는 국민의
바른 선택이 매우 중요하다. 지도자를 뽑는 수준이
바로 그 나라 국민의 수준이 되는 것이다.

권력은 누구나 꿈꿀 만한 것이지만, 책임과 선악의
판단에서 사사로운 이익을 버릴 수 있어야 하기에
예부터 선비는 오히려 출사를 하지 않았던 것이다.

철학 없이 권력만 움켜쥐는 세태에서 권력은 제대로
역할을 할 수 없다. 역사 앞에 죄를 짓는 행위다.

소유의 평등을 앞세워 북한 권력을 잡은 김일성 정권이
3대를 이어 소수의 사익에 좌지우지되는 현세에서
고통스런 북한 주민의 존재가 무시되고, 소유의 격차는
더욱 커지고 있다. 웃지 못할 비극이다.

권력! 오래 지니고 놀면 누구든 악취를 풍기는 듯하다.
새삼 미국의 초대 대통령인 조지 워싱턴이 재선 출마를
굳이 사양했던 모습이 떠오른다.
그의 인격과 인간에 대한 사랑에 큰 존경을 바친다.

'지금 여기에' 산다는 것

준비와 본 게임

준비, 참 좋은 낱말이다. 이순신의 유비무환有備無患
또한 귀한 말이다. 준비하는 인생, 역시 좋은 구절이다.
무엇이든 준비가 부족하면 일을 그르치기 십상이다.
노후가 준비돼야 하고, 학생의 시험 역시 준비돼야 한다.
준비된 자만이 성공할 수 있다.
그러나 준비만 하다가 인생의 본론을 잊어버릴까 봐
오늘 이 편지를 띄운다. 학생이 공부만 하다 운동과 사색을
놓쳐 건강을 잃고 소심한 겁쟁이로 일생을 마치는
경우가 있겠다. 한평생 돈 버느라 가족의 사랑을 소홀히 하는
일도 있다. 황금 같은 청춘을 출세 준비에 쏟느라
낭만을 모르는 경우도 있다.
준비는 꼭 필요하지만, 그때그때 느껴야 할 인생의
맛까지 포기하면 그건 너무 안타까운 일이다.
평생을 돈 버는데 바치고 쓸쓸하게 생을 마감하는 분을
종종 본다. 준비만 하다가 생의 본 게임을 놓친 것이다.
지금 이 순간, 준비와 본 게임을 구별하면 좋겠다.
그래야 이웃이 보이고, 사는 재미도 맛볼 수 있을 터.
인생은 과정이지 절대 결과가 아니기 때문이다.
준비 없는 인생에 내일은 없다는 것 또한 엄숙한 진실이다.

인간은

천진하고

순수할 때에만

하늘의 지혜를

빌릴 수 있다.

무엇을 vs 어떻게 1

모든 일에서 '무엇을' 선택할 것인가는 참 중요하다.
직업, 취미, 배우자, 친구 등등 모두 선택의 결과이다.
그러나 선택으로 끝나는 일은 하나도 없다.
선택한 다음, '어떻게'의 문제가 늘 남는다.

어떤 사업의 전망이 매우 밝다고 해서 시작했는데,
선택을 잘했으니 적당히 해도 잘될 것이라 믿으면
엄청난 착각이다.
왕자나 공주와 결혼했으니 행복이 보장됐다는 판단도 위험하다.
'어떻게'의 문제가 평생 따라다니는 것이다.

"중요한 것은 무엇을 참고 견디느냐가 아니라, 어떻게
참고 견디느냐"라고 로마의 철학자 세네카는 말했다.
선택은 얼핏 짧은 시간 안에 끝날 수도 있지만,
그렇게 되기까지 긴 시간이 필요하다.
그것이 '어떻게'의 문제이다. 그래서 기다릴 줄 알고
견딜 줄도 알아야 선택한 일이 잘 숙성되는 법이다.

결국 '무엇을'보다 '어떻게'가 더 중요한 것.

무엇을 vs 어떻게 2

어떤 직업을 선택해 성공한 사람이라면
다른 길을 가도 충분히 성공할 수 있다.
흔히들 선택에 무게를 두고, "당신은 종목을 잘 택해서
성공할 수 있었다"라고 말하곤 한다.
결단코 아니올시다. 그는 배추 장수를 해도 성공할 것이다.

어떤 상황에서 포기하지 않고 극복의 길을 찾는 과정은
수백 번의 다양한 위기를 예상하게 한다.
그때마다 선택에 의존한다면, 직업만 수백 번 바꾸다가
끝나는 인생을 살게 될 것이다.
무엇을 할 것인가 망설일 시간에 현재 일을 어떻게
진행할 것인가를 집념 있게 물고 늘어져야 한다.
성공한 자의 전부가 그렇게 험난한 길을 견디고 뛰어온
이들이라는 사실을 명심하기 바란다.

책임과 인내에 대한 고려 없이 짜릿한 사랑의 열정으로
결혼을 생각한다면 아마 백 번쯤 결혼하게 될 것이다.
결국 선택에 책임을 지는 것이 '어떻게'이다.
지금 일에 최선을 다해야 성공한 삶으로 갈 수 있을 것이다.

'지금 여기에' 산다는 것

섹시함에 대하여

3S(섹스, 스포츠, 스피드) 시대여서 그런가?

거의 모든 상품에 섹시 이미지를 담아 생산하고 있다.

옷가지는 더욱 심하다.

스포티한 건강미가 살아 있어야 제값을 받는 의류가 된다.

항상 이성에 대한 관심이 삶에 큰 영향을 준다는 것이다.

아무리 빚어놓은 듯한 미인이라도 약삭빠른 욕심을 보이면

호감에서 멀어지고, 순간 섹시는 빛을 바랜다.

그래서 바보스러울 수도 있는 천진한 아름다움,

겸손한 처세가 오히려 호감을 주는 섹시가 된다.

미국 남북시대에 남부의 백화 같은 거만한 부인보다

무릎 꿇고 발 씻어 주는 흑인 노예가 더 섹시하였다고 전한다.

물론 섹시는 주관적이어서 무엇보다 호감을 우선해야 한다.

자상한 어머니를 닮은 여인에게 끌리고, 자신의 아버지를

닮은 남자에게 호감이 가는 것은 부모가 자녀의 정서에

좋은 영향을 미쳤기 때문이다.

설법을 잘하면, 스님의 까까머리도 섹시하게 보인다는 말이

빈말이 아닐지 모른다.

그(녀)가 자신보다 높아 보이면 섹시해 보이기가 어렵다는 점,

젊은 '바클'들이 중요하게 받아주길 바란다.

섹스의 본질

🎵 본능 중 가장 강렬한 것이 성욕이다. 섹스는 인간이
지니고 있는 순수한 본질 중의 하나다. 그런데 우리는
그 본질을 저속하다고 교육받아 왔다.

🎵 동물도 본능을 취하며 살아간다. 서열을 중요하게
여기는 까닭에 때로 힘에 눌려 본능을 피할 뿐이다.

🎵 식물은 동물보다 더욱 정직하게 본능에 따라 생존한다.

🎵 영리한 두뇌를 지닌 인간이 도덕을 만들고,
인간끼리 질서를 지키며 공존하는 것은 정말 다행한 일이다.

🎵 그러나 세상과 인간의 질서를 위하여 도덕과 윤리가
필요하지만, 그것이 하늘의 질서는 아니다.

🎵 조선시대 과부의 수절을 윤리도덕의 근본으로 삼은 것은
하늘의 뜻과 인간의 본능을 무시하고, 남성 본위의 질서로
여성의 본능을 억제한 거대한 폭력이었다.

🎵 문제는 상대와의 호흡이다. 그것을 사랑이라 부른다.
본능을 만족하기 위해 우리는 사랑을 배워야 한다.

🎵 사랑만 한 본능이 없다. 그 속에서 생명이 유지되고
종족은 번식한다.

🎵 노자의 '착한 사람'이란 바로 '사랑을 아는 사람'을 뜻하며,
간디는 '양심 없는 쾌락'을 7대 사회악의 하나라고 했다.

취업과 창업

취업은 한 창업자의 일터에서 자기 역할을 맡아 일하는 것이다.
창업자는 모든 일의 시작과 마무리를 책임지는 일터의
수장이다. 동시에 그는 업종 선택, 자금 준비, 인력 확보,
역할 분담 등 일터의 전부를 자신의 의지로 처리해야 한다.
즉 고독을 감당해야 하는 자리다.

간혹 1인 창업도 가능하지만, 결국 조직을 이루고
역할을 분담해야 정상적인 기업활동을 할 수 있겠다.
취업자는 주어진 일을 시간 내에 마치면 보수가 보장되지만,
창업자는 기업활동에서 이익이 나야 수익을 가질 수 있다.
취업자는 근무 시간에서 자유로울 수 없지만,
업무에 충실하면 그만이다.

창업자는 시간에 얽매이지는 않는다.
허나 그는 사업 승패의 마지막 책임자이기에
늘 24시간 대기 상태다.
만약 시간에 얽매이기 싫어서 자기사업을 벌인 후
시간을 낭비한다면 그 창업은 시작부터 잘못된 것이다.
창업자에게는 취업자의 10배, 20배의 노력이 필요하다.

선대가 애써 일군 사업이 후대에서 망하는 경우,
대부분은 2세, 3세가 취업자보다 더 안일한 마음으로
노력하지 않은 결과다.

창업이란 한 생명을 잉태해 뱃속에서 10개월을 견디고,
또 20년을 공들여 성인으로 성장시키듯, 성과 열을 다해야
겨우 홀로 서기 할 수 있는 생명과도 같은 것이다.

결국 취업자가 창업자처럼 일하면 승승장구할 것이고,
창업자가 취업자처럼 일하면 그 사업은 망하고 말 것이다.

'바보클럽'의 바보들이 사는 법

천진하고 순수하고 정직하게 살면, 언뜻 보기에
바보처럼 보일 수 있습니다.
그러나 바보는 친구에게 이기려는 마음을 가지지 않습니다.
우리의 지혜로운 선현들도 친구를 이기는 것은
뜬구름과 같다勝友如雲고 하셨습니다.

'바보'란 천치가 아니고, '바다의 보배'도 아닙니다.
천진함과 순수함을 지켜 일을 순리대로 처리하는 자세를
지닌 이를 말합니다.
천진하고 순수하여 하늘의 뜻을 의심하지 않고
자연스럽게 좇아가는 사람을 말합니다.
세상살이에 약삭빠른 사람의 반대말이기도 합니다.

우리는 모두 바보의 마음가짐을 가슴에 새깁시다!
바보의 마음을 갖게 되면 어려운 상황에서도
혼자 이겨내는 힘이 생기고,
그 힘이 쌓이면 마음과 정신이 건강해지고,
마음과 정신이 건강해지면 머리가 맑아져서
소중한 직관력과 통찰력이 생겨나고,

가만히 있어도 평화롭고 즐거운 생의 환희를
기쁘게 맛볼 수 있습니다.

구태여 오락이나 쾌락을 찾아 나서지 않아도 된다는
뜻입니다.
편하게 말해서, 사는 일에 돈이 그리 많이 필요하지
않다는 것이지요.
나의 지혜와 지식과 능력과 재산을 다른 이와 함께
나누어도 그것은 줄어들지 않습니다.
그래서 천진하고 순수하고 정직하게 살면,
삶이 절로 수월해진다고 바보클럽은 믿습니다.

3

성공, 나를 키워주는 봉사

봉사는 이웃에게 마음을 쓰는 것, 곧 더불어 사는 습관이다. 그것이 사람의 그릇이다. 결국 행복과 사랑도 자기 그릇만큼 깨닫는 그 사람의 크기다.

새벽이 일생이다

하루는 새벽을 잡아야 하고, 일생은 하루를 잡아야 한다.
일생은 하루하루의 연속이다.
이것을 부인할 사람은 없을 테지만 흔히들 잊고 산다.
하나의 맥박만 놓쳐도 우리 몸의 운동이 중지된다.
새벽을 잡는 것은 먹고살기 위해서가 아니고
나의 리듬을 우주의 리듬에 맞추는 단초이기 때문이다.

계획은 원대하게 잡더라도 실행은 오늘의 그림을 그려야
인생항로에 차질이 없게 된다. 만약 하루를 가볍게 여기는
습관이 있다면 그의 성공은 공염불에 불과할 것이다.
새벽을 잡고 하루하루 놓치지 않는 자세를 성현들은
성실이라 했다. 성실은 '오늘에 마음을 다하'고, '말한
바를 실천'한다는 뜻이다. 아무리 일류대학 최고학부를
나와도 성실하지 못하면 성공하지 못한다.

모든 수확은 새벽부터 시작된다.
오늘 나의 역할에 충실해야 저녁에 편히 잘 수 있다.
그러면 내일 아침 잘 태어날 것이다. 저녁에 잘 죽어야
아침에 잘 태어나는 것을 일일일생一日一生이라 한다.

오늘 아침 어떤 좋은 일이 일어날까, 미지의 오늘에
가슴 설레며 막 여행을 떠난 듯 새 희망의 안테나를
높이 세우고 나의 왕국이 행차하는 것이다.
하루하루를 일일 결산하자는 주장에 마음이 간다.

언젠가 그날이 오면 다시는 맞이하지 못할
너무나 소중한 새벽이기에 하늘에 엎드려 감사드리며
거룩한 오늘을 내 생의 최고의 날로 맞는다.

성공, 나를 키워주는 봉사

행복지수를 높이려면

최근 행복 계산법을 소개한 자료를 보았다. 내용인즉
분모는 욕망의 기대치, 분자는 현재 누리고 있는 상황이다.
행복지수를 높이려면, 현재 누리고 있는 상황을 키우든지
욕망의 기대치를 줄이든지 해야 하는 것.

문제는 현재 누리고 있는 상황을 키우려면 목표를 세워
끊임없이 경쟁하고 전진해야 하는 점이다.
계속 도전하고, 현실의 상황을 개선하는 것이 중요하지만,
이 경우 욕망의 기대치도 그에 견주어 덩달아
상승하는 문제가 생긴다. 그러면 행복지수는
엎치락뒤치락하며 계속 오르내릴 터.

그러나 현재 상황에 만족하고, 욕망의 기대치를 줄여나가면
행복지수는 계속 상승할 수 있다. 아니면 기대치는
제자리에 두고, 현재 상황만 점차 키워나가도
행복지수 역시 상승할 것이다.

그래서일까?
경제부국보다 소득수준이 훨씬 낮은 최빈국

국민들의 행복지수가 더 높게 나온다.

욕망의 기대치는 그대로 두고 현재 상황만 꾸준히 개선하면
늘 복 받았다는 느낌으로 새날을 만끽할 거라는 얘기다.
언젠가 기대치보다 현실이 넘친다는 생각이 들어서
주위를 둘러보았다. 그러자 모든 일이 더욱 순조로워졌다.
요지는 욕망의 기대치가 높아도 다 이루어지는 게 아니고,
마음을 비우니 오히려 현재 상황이 나아지더라는 것.

이것이 비움의 철학이다. 오늘의 상황을 계속 개선하되,
항상 지금 여기에 만족할 것.
이게 참바보의 참비움이다.
이 바보는 행복지수가 계속 상승하는 보너스도 받을 터.
역사상 큰 성공을 거둔 인물은 대체로 욕망을 자제할
줄 알았던 큰 바보들이었다.
또 역사상 가장 위대했던 위인들의 공통점은
생명이 다하는 날까지 천진성과 순수성을 잃지 않았다는
사실이다.
이점은 역사가 증명해주고 있다.

성공, 나를 키워주는 봉사

행복과 성공은 왜?

성공하면 행복이 따르리라는 막연한 기대에서
우리는 인내라는 이름으로 행복을 미루며 산다.
이건 정말 엄청난 착각이다. 불행 속에서 성공을 바라는 건
마차 뒤에 말을 매는 거와 같다.
성공의 첫째 조건은 인간관계가 원만해야 한다.
내가 불편해 보이면 사람들이 먼저 알아보고 피한다.
내가 편해 보이면 사람들이 다가오는 법. 경험으로 알리라.
행복은 성공 후에 오는 것이 아니라 내가 행복해야만
성공이 찾아온다는 얘기를 지금 강조하고 싶은 게다.

행복한 상태에서는 몸과 마음이 유연해 어떤 상황이나
조건에도 잘 적응하고 문제를 쉽게 풀 수 있다.
그러나 불행한 마음으로 일하면 매사 긴장의 연속,
이처럼 힘들어서는 건강이 먼저 상할 것이다.
간혹 불행한 채 강한 집념으로 목표를 이룬 사람치고
건강을 해치지 않은 사람을 보지 못했다. 패기 넘치는
젊은이도 마찬가지여서, 나의 젊은 날이 그랬다.

우리 바보클럽의 젊은 회원들에게 간곡히 부탁한다.

행복의 첫째 조건인 현재 있는 그대로에 만족하시라.
절대 무리한 도전은 하지 마시라.
혹자는 "결핍감 때문에 더 열심히 일하고 성공할 수
있었노라"고 외친다. 그러나 불행한 마음으로는 절대 안 된다.
결핍을 채우리라는 기대와 희망에 만족하면 그것으로 됐다.
결핍을 채우려고 불행을 감수한다면 정말 말리고 싶다.

만족과 행복을 품은 자의 모습은 만 사람을 끌어당긴다.
인간은 편안한 상대를 좋아하기 때문이다.
성공을 갈구하기에 앞서 행복을 찾는 것이 우선이다.
행복이란 비교나 조건이 붙으면 영원히 오지 않는다.
그것은 자기만족의 영역이기 때문이다.

성공, 나를 키워주는 봉사

멋과 맛

멋은 내가 꾸미지만 타인이 보고 그들 나름으로 평가한다.
그러나 맛은 내가 느끼는 아주 주관적인 느낌이다.
물론 인생살이가 남 보기에도 아름다우면 좋을 것이다.
허나 남에게 보이기 위한 삶은 내 행복을 놓치기 일쑤다.
내면이 충만한 멋이라면 더할 나위 없이 근사하다.

문제는 멋 때문에 치장이 바빠 맛을 잃지나 않는가 하는 점.
다시 말하면, 행복하게 보이기 위한 삶을 행복으로 착각해,
밖으로 심하게 휘둘리는 경우를 자주 보기에 염려가 된다.
예를 들자면, 빚으로 분수에 넘치는 사치를 일삼다가
패가망신한 사람을 어렵지 않게 볼 수 있다.

기가 찰 일이다. 행복은 나의 내면세계가 느끼는 절대 평가
영역이다. 남의 평가나 눈치를 볼 필요 없는 나만의 맛이다.
진정 멋지게 살려면 행복하게 보이기 위해서가 아니라
스스로 행복해하면 절로 멋스러워진다. 멋보다 맛이 먼저!
"당신 참 멋지네요!"라고 누군가 말하면 잘 생각해보자.
내가 행복으로 치장했기 때문인지, 아니면 내면의 행복이
밖으로 드러나서 듣는 칭찬인지를.

사명감이라는 열쇠

일이 역할이고, 또 사명이다. 옛 현자는 일근천하무난사
一勤天下無難事라 했다. '매일 일하는 자에겐 곤란이 닥치지
않는다'는 뜻. 날마다 제 역할을 다해야 한다는 것!
식사와 잠자는 일은 꼭 하면서, 자신의 역할을 쉰다면
사리에 맞지 않는다. 하물며 무슨 일을 하든 어딘가
도움이 되거나 그 대가가 자신에게 돌아오지 않던가.
만약 타고난 역할인 일이 있다면 그게 내 사명이다.
설령 직업일지라도 사명감으로 일한다면 능률은 물론
행복감까지 높아지며 오래 계속된다.
가족 책임이란 역할 때문에 일한다면 얼마나 견디겠는가.
직업을 사명으로 여기며 사는 인생이 가장 현명하다.
우리는 직업생활에 가장 긴 시간을 쓰기 때문이다.
또 사명의식은 피로감을 주지 않는다. 오히려 신명나는
놀이와 같을 수 있다. 작은 성과도 보람으로 느낀다.
링컨 대통령에 의하면, "행복과 불행은 선택하기에
달렸다." 지금 하는 일을 사명감에서 즐겁게 하는가?
사명은 엄청 큰일에만 있는 것이 아니라 지금 내가
하고 있는 이 일, 바로 여기에도 있다. 사명감!
이것이 행복과 성공을 쥐고 있는 큰 열쇠다.

자기 십자가

누구나 나름의 자기 십자가를 지고 산다.
문제는 손을 놓아버리느냐 정면돌파하느냐 차이다.
처음엔 미미하지만 시간이 갈수록 큰 간격으로 벌어진다.
손을 놓으면 해결이 안 된 그 문제가 평생 따라다닌다.
정면돌파는 때로 힘들고 귀찮지만 최선의 방법이다.

자기 십자가를 놓아버린 걸 마음을 비웠다고 착각하는
사람도 있지만, 그건 천만의 말씀이다. 운동 경기에서
긴장을 풀려면 힘을 빼야 한다. 그러나 중심축이 무너지면
그것으로 끝, 경기는 끝나버린다.
인생의 축 안에 자기 십자가가 자리하고 있기 때문이다.

그러나 보통 한 겹 접고 사는 사람들이 많다.
그러면 평생 문제를 안고 살아야 하는 멍에가 될 뿐이다.
그래서 어떤 일이든 시작부터 제대로 해야 한다.
무작정 시작하면 착오가 따르게 마련이고, 그것이 멍에로
남기도 한다. 사랑, 사업, 가정 등 모든 게 그럴 것이다.
그런데 나의 의지와 상관없이 생긴 십자가도 많다.

문제는 그 모든 십자가를 내가 안고 가야 한다는 것.
그것이 바로 정면돌파다.
사랑이 많아 장애우를 입양하는 가정이 있다.
피해 갈 이유가 없기 때문이다.

친구가 아무리 행복해 보여도, 그도 자기 십자가를 진 채
살고 있다. 하늘에서 떨어진 복으로 행복한 사람은 없다.
그래서 내게 닥치는 모든 십자가는 모두 나의 소명이려니
하는 긍정적 마인드가 필요하다.
이것이 인생이고, 내가 맡은 역할이다.

돈은 만물 교환권인가

자본주의 사회에서 돈은 만물 교환권이다.

또 돈의 범위 내에서 모든 계획을 세운다. 직업 활동도
결국 돈과 연관해 선택하곤 한다. 때로 사람의 마음을
사기까지 하는 돈! 이 돈이 할 수 있는 일은 참 많다.

그러나 돈으로 되는 것과 되지 않는 것을 분명히 기억해야
인생이 꼬이지 않는다는 진리를 이 아침 명심하길 바란다.

돈 없이 안 되는 일이라면 반드시 돈을 써야 한다.

그런데 인생의 중심에는 돈으로 안 되는 일이 참 많다.

나의 돈 자랑으로 또는 상대가 돈 때문에 나를 선택했다면,
그 사랑은 돈의 유무나 다소에 따라 수시로 출렁일 것이다.

그것도 진실한 마음은 쏙 빠진 채로……

재산이 변변치 않은 사람은 이미 이런 가짜 사랑을
자연스레 걸러냈으니, 염려 하나는 줄인 셈이다.

돈으로 하지 말아야 할 게 어디 사랑뿐이겠는가!

그래서 위대한 스승 예수는 "부자가 천국에 들어가는 것은
낙타가 바늘구멍을 통과하기보다 더 어렵다"고 했던가.

돈의 의미를 모르면, 남에게 진 신세나 기본 처신까지 돈으로
해결하려 든다. 그러나 삶의 핵심 부분은 돈으로 되지 않는다.

돈 때문에 오히려 행복의 중심을 놓치게 된다.

록펠러와 그의 아들

크든 작든 간에 자신이 직접 노력해서 번 돈과
상속이나 증여로 받은 돈의 의미와 쓰임에는 큰 차이가 있다.
마키아벨리의 <군주론>에 "부모를 죽인 원수는 용서해도
자기 돈을 빼앗아 간 자는 용서 못 한다"는 표현이 있다.
일단 군주로 등극하면 반드시 권력을 끝까지 유지해야
하는 이유를 설명하는 과정에서 나온 말이다.
부모 사망은 나의 죽음이 아니기 때문에, 상황이 이해된다면
용서할 수도 있지만, 내가 고생해 직접 번 돈을
빼앗겼을 때의 아픔은 절대 잊을 수 없다는 것이다.
그래서 정권 교체기에 다친 사람은 군주가 자리를 내려놓을 때
자신이 체험한 아픔 때문에 절대 용서하지 못한다는 것.
결국 자신의 고통은 뼈저리다는 얘기다.
돈의 경우도 마찬가지다.
미국의 석유왕이자 거부였던 록펠러의 에피소드로 맺음하자.
"록펠러, 당신 아들은 호텔 종업원에게 10달러 팁을 주는데,
왜 당신은 1달러밖에 주지 않습니까?"라고 어느 기자가
당대 세계 최고 부자였던 록펠러에게 물었다.
"내 아들에게는 록펠러 같은 부자 아버지가 있지만,
나에겐 록펠러 같은 아버지가 없기 때문일세."

일 없으면 휴식도 없다

일은 물품의 제조나 서비스를 제공하는 과정을 말한다.
일이야말로 인류에게 가장 신성한 행위이다.
자동차왕 헨리 포드에게 어떤 기자가 물었다.
"만약 당신이 거지가 된다면 어떻게 하겠습니까?"
"당장 또 다른 것을 발명해 5년 이내에 재벌이
될 수 있소. 일은 인류에게 봉사하는 길이라오.
내가 그 일을 멈추지 않고 있기 때문이라네."
만약 일이 없다면, 그의 영혼은 텅 빈 안개 속을 걷는
것이나 다를 바 없다. 그래서 일이 없으면 남의 집
마당이라도 쓸어야 한다. 이것이 봉사의 시작이다.
또 신성한 이 일은 생이 끝날 때까지 계속되어야 한다.
비단 돈벌이만 일이 아닌 까닭이다. 사람의 가치가 여기에 있다.
여유 있다고 일을 내팽개친 채 이곳저곳 기웃거리면
꼭 넋 나간 사람처럼 보일 수가 있기에 하는 말이다.
취미로 열심히 농사지어 이웃과 나누며 기뻐하는 이가
주변에 있다. 나는 그를 바라보는 일조차 흐뭇하다.
일, 기도, 사랑, 오락이 하루 안에 다 들어 있어야 건강한
삶이라는 사실을 다시금 강조한다. 새벽 내음이 상쾌하다.
오늘의 일이 기다리고 있기 때문이다.

성공을 꿈꾸는 젊은 그대에게

행복한 성공을 꿈꾸는 젊은 그대를 위해
매일 새벽 명상편지를 쓴다.
행복의 메시지를 보내고자 함이다.
사실 행복이란 실체는 없다.
다만 스스로 생각을 발전시켜 일상생활에 적용하고,
거기서 기쁨과 안식을 느끼며 희망을 갖기 바란다.
일관되게 정리된 사고에 확신이 서면
힘, 용기, 희망과 함께 행복감이 절로 오기 때문이다.
그 반복되는 행복감에 감사하는 마음이 충만해질 때
비로소 하고자 하는 모든 일과 인간관계가 순조로워지고
매순간이 축복으로 다가온다.
잡다한 관념이 마침내 한 실에 꿰어지는 듯한 느낌,
이것이 바로 참인생의 시작이다.
종교나 철학을 따로 구하지 않아도 일상에서 찾을 수 있다.
수십 년 오랜 경험에서 얻은 확신이다.

노인에게 독서는 오락일 수 있지만, 청춘에게 독서는
운명을 바꿀 수도 있는 대단히 소중한 기회이다.
선택과 실행은 오직 젊은 그대의 몫이다.

성공, 나를 키워주는 봉사

두 개의 큰 욕망

정신건강과 의사이자 목사 단 카스트의 <정신력의 기적>
머리말엔 인생에는 두 개의 큰 욕망이 있다고 씌어 있다.
'즐거움을 찾고 싶은 욕망과 괴로움에서 벗어나고픈 욕망',
이 두 개의 욕망만 제대로 관리한다면 세상사
별다른 문제가 없을 거라고 말한다.
그러나 사는 동안 많은 문제가 이 욕망을 가로막는다.
가족, 경제, 친구나 주변 사람 등이 그냥 놔두지 않는다.
가장 중요한 문제는 나 자신을 알고, 그에 비추어
타인의 욕망에도 관심을 갖는 일이다.
누구나 욕망은 비슷하다. 내가 원하면 상대방도 원한다는
얘기다. 그런데 이걸 혼자 독점하고 더 많이 갖고 싶은 데서
문제가 발생한다. 그래서 더러 싸움이 일어나고
때로 원수가 되기도 한다.

"적은 이익으로 부자가 되라"고 한 위대한 스승 예수님의
말씀은 남의 욕망에도 관심을 가져야 건강한 삶이라고
이른다. 또 다른 나를 이해해야 내 욕망이 이루어지며
장애가 발생하지 않는다는 것이다.
결국 나눔의 미학이다.

다시 맞이하지 못할

너무나 소중한 새벽이기에

엎드려 하늘에 감사드리며

거룩한 오늘을

생애 최고의 날로 맞는다.

자립의 기본 요건

자립에는 첫째 건강, 둘째 예의, 셋째 경제력이 필수다.
우선 건강해야만 타인을 도울 수 있다.
건강치 못하면 누구에겐가 신세를 질 수밖에 없다.
예의는 남을 존중하고 경애하는 사람 됨됨이다.
아무리 우수해도 예의가 바르지 못하면 대접을 받지 못한다.
경제력은 타인의 수고를 빌리지 않는 나의 자존심으로,
경제적 자립은 누구도 피할 수 없는 절체절명의 과제다.
"가난은 나라도 구제하지 못한다"는 옛말이 있다.
만약 1조 원의 재산가가 국민 5천만 명에게 2만 원짜리
식사를 제공한다면 딱 한 번 대접만으로 1원도 남지 않는다.
거꾸로 5천만 명이 2만 원씩 모으면 1조 원이 된다.
2만 원의 혜택을 바라기보다 각자 2만 원을 내서
사회에 기여하겠다는 자세가 자립의 출발이다.

이 세 가지는 누구도 대신해줄 수 없는 자립의 기본이다.
성인이 된 후, 자립하지 못하면 아무리 큰소리쳐도
공허한 메아리가 될 뿐이다. 다음이 봉사와 사랑이다.
나의 인생길을 반듯하게 닦는 노력, 철학, 열정 등도
모두 이 자립에서 힘을 얻는다.

프로 정신

프로페셔널Professional을 줄인 말로, 생업을 위한
작업에서 실수를 변명할 수 없는 직업인을 뜻한다.
그러므로 모든 직업인은 다 프로다.
프로 골퍼라 하면 대회에서 상금을 놓고 경쟁적으로
게임하는 핸디캡이 제로인 선수, 직업적 골퍼를 말한다.
보통은 아마추어를 가르치는 골퍼를 프로라고도 한다.
오늘은 프로 정신에 대해 얘기하고 싶다.
"머리가 나쁜 자는 머리가 좋은 자만 못하고,
머리가 좋은 자는 열심히 노력하는 자만 못하고,
열심히 노력하는 자는 즐기는 자만 못하다"고
옛 성현이 말씀하셨다.
억지로 하는 직업 생활이라면 얼마나 고될까.
실적도 좋을 리 없다. 스스로 자신의 직업을 즐기는
자만이 프로라 할 수 있다. 결국 인간은 한 방면에서 프로가
되어야만 정상적인 생활인이 되는 것이다.
LPGA에서 맹활약 중인 박인비 선수는 기자의 질문에
"즐겁게 골프를 할 뿐입니다. 즐기면 앞으로도 좋은 성과가 있을
것"이라고 답했다는데, 어린 선수가 참 기특하다.
욕심을 내 긴장했다면 결코 정상에 오르지 못했을 터!

진정한 프로

"축구를 그렇게 잘할 수 있는 특별한 비결이 있나요?"
얼마 전 은퇴한 축구선수 박지성에게 한 기자가 물었다.
"저는 언론에서 저를 칭찬하거나 비난하거나 관심을 두지
않습니다. 다만 제가 좋아하는 축구를 즐길 뿐입니다."
경기장에서 그는 특히 몸을 사리지 않고 최선을 다해
많이 뛰는 선수로 '산소통'이란 별명까지 얻었다.

어떤 일이든 억지로 하면 성공도 능률도 보장할 수 없다.
자신이 택한 생업을 위한 일에 전력투구는 당연하다.
더하여 위기가 온 순간은 목숨을 걸 정도의 용기를 보여야
참다운 프로라 할 것이다.

2013년 7월, 샌프란시스코 공항에서 비행기 착륙 사고 때
승무원들의 목숨을 건 행동은 승객을 보호하기 위한
프로 정신의 최고봉이었다. 결국 사명감으로, 자기 일이
즐거워야 제대로 된 프로라 할 수 있다.
그들은 이미 그것으로 절반의 행복을 얻은 성공자들이다.
결국 프로에겐 자존심이 제일의 덕목이 될 것이다.
일에 자존심을 걸지 않는 자는 프로라 할 수 없기 때문이다.

적당한 프로는 조직에서 사라져야 그 조직이 산다.
프로는 흔한 말로 타의 추종을 불허하기 때문이다.
프로는 변명 없이 신명을 바쳐 목표를 이룰 뿐이다.
그래서 진정한 프로가 존경받는 것이다.
대충 일하는 프로 때문에 조직이 문 닫을 수 있다.
아무나 프로라고 불려서 안 되는 이유다.
책임지지 않는 프로는 도태되어야 전체가 살 수 있다.

졸병 없는 장군은 없다. 장군이라는 프로는
졸병의 공으로 직위를 유지하는 신분으로,
졸병의 신상을 자신의 몸과 같이 생각해야 한다.
부하나 동료의 이익에 관심이 적은 자는
조직에서 빼는 것이 마땅하다. 그래서 전시에
부하를 많이 잃은 장군은 가장 큰 벌로 문책당한다.

우리는 모두 즐겁게 일하고, 신나는 프로이고 싶다.

성공, 나를 키워주는 봉사

하늘이 내린 기회

고통을 견디는 시간은 정말 괴로운 순간이다.
우리 고유의 발효식품인 간장이 익으려면
먼저 콩이 곰팡이의 밥과 집이 되어서 한참을 견디고,
다시 소금물과 함께 메주가 숙성해야 비로소 간장이 된다.
인간의 경우도 인고의 시간을 경험하지 않은 이는
세상살이에서 깊고 낮은 데를 모른다.
그러니 인간관계나 세상일을 맞추기가 쉽지 않을 터다.
성자 석가는 인생무상을 느껴 고행을 자청하였다.
허무한 삶과 고행을 맞바꾸는 결심의 순간은
죽기를 각오한 인고의 시간이었을 것이다.

편하면 잘사는 것이라는 안이한 믿음이 나태를 부른다
경남 함양군 안의면 출신의 시인이자 사상가로
무소유를 실천하고 가신 고故 노석 박영환 선생은
80세에 발간한 문집에서 인생을 이렇게 말하고 있다.
"영육간에 고민이 없는 너무도 안일한 생활은
실은 심히 불행한 존재가 아닐까."
무소유로 살면서 인생의 참맛을 알려고 무진 사색하고
애썼던 그의 깊이를 느낄 수 있다.

내가 택하지 않은 고난이 닥치는 순간은 더 많다.
그럴 때마다 하늘이 내게 내린 기회라 생각하고
담대한 노력으로 헤쳐나간다면 결과가 좋을 거라 믿는다.
사업가, 예술가, 스포츠 선수, 종교인 등 여러 분야의 전문가
모두 마찬가지다.
인고의 시간을 보내지 않고 성공한 이는 없다고 본다.
마냥 편한 것이 좋다면 그 인생은 왔다가 간 흔적도 없거니와,
어디로 가는지도 모른 채 사육당하다 가는 것이라 믿는다.

오늘의 결론은 이렇다.
짧은 인생을 멍하게 보낼 수야 없지 않은가.
인고의 시간을 일부러 만들어서라도 꼭 한 번 이상
나의 인생에 기회를 주기 바란다.

성공, 나를 키워주는 봉사

링컨의 결심

노예해방으로 유명한 링컨 대통령은 남부가 노예를
포기치 못하고 분리 독립을 선언했을 때, 남북전쟁을 승리로
이끈 위대한 정치가다. 그는 사후 성자 반열에 올랐다.
가난한 가정 출신인 그는 독학으로 변호사가 된다.
젊은 변호사 링컨은 도덕성이 부족한 사람들을
매섭게 비난하며 정의를 구현하려 열심히 뛰었다.
그러던 어느 날 한 육군 대위의 권총 결투를 요청받는다.
총을 만져본 경험이 없는 링컨은 주위의 만류에도 불구하고
자존심 때문에 결투를 받아들인다.
짧은 기간 집중적으로 연습한 그가 결투대에 섰다.
곧 총소리가 들리고 대위가 쓰러졌다. 잠시 후
대위는 천천히 일어났고, 두 사람은 멀쩡했다. 무승부.
알고보니 대위는 총알 없는 빈총을 쏘면서,
링컨이 정조준해 쏘는 총알을 피하기만 한 거였다.
링컨은 큰 충격을 받고, 이후로는 어느 누구도
비난하지 않기로 결심한다. 마침내 정치가로 성공했다.
나중에 대통령에 당선된 것은 남을 비난하지 않은
덕분이라고 회고했다. 결국 나쁜 습관 하나를 버린 결심이
적을 만들지 않는 운명의 전환점이 되었다.

세상에 나올 때는

내가 울고 이웃이 웃었지만,

세상을 떠날 때는

내가 웃고 이웃이 울도록 살아라.

— 인디언 격언

뿌리는 나의 역사

1976년 미국의 흑인 작가 알렉스 헤일리가 발표한 소설
<뿌리>는 퓰리처상을 수상하며 세계적 베스트셀러로
떠올랐다. 이 작품은 드라마와 영화로도 제작되어
모두 엄청난 화제를 낳았다.
헤일리는 자신의 뿌리를 찾아 관공서와 도서관을 헤맸고,
아프리카에서 백인들에게 노예로 잡혀온 선조 킨타쿤테를
시작으로 현재까지의 과정을 대하소설로 그렸다.
우리나라에서 드라마로 방영할 때 거리가 한산할 정도였다.

백인들은 근대 문명을 일찍 발전시킨 것을 자신들의
우월성이라 믿고, 아프리카의 흑인들을 생포해
노예시장에서 짐승처럼 사고파는 일을 일상화하였다.
1970년대 미국에는 흑인 출입을 막는 식당도 있었다.

그즈음 <뿌리>라는 드라마가 세계를 강타한 것이다.
노예 킨타쿤테를 1세로 10여 대에 걸쳐 작가 자신에
이르기까지 리얼하게 묘사한 서구 흑인의 비애에
전 세계가 경악하며 흑인 동정론이 일어났다.

링컨의 노예해방에서 킹 목사의 흑인 혁명으로,
<뿌리>를 통한 세계적 공감을 거쳐, 미국 최초의
흑인 대통령 오바마가 탄생하기까지, 이제 흑인의
역사는 인간적인 이해가 가능하게 되었다.
인간의 뿌리와 생활방식을 연구해 인류의
다양한 문화를 이해하는 데 결정적 공헌을 한
문화인류학도 흑인 문화의 이해에 큰 도움을 주었다.

스포츠의 기본인 육상에서는 흑인 선수가 세계대회를
휩쓸 만큼 그들의 우수한 체력이 증명되고 있다.
그래서인가. 혹자는 앞으로 흑인의 시대가 도래할 거라는
주장을 펴기도 한다.

이렇듯 나의 뿌리가 곧 나의 역사다.
나만의 멋진 역사를 정성껏 만들어가길 바란다.

봉사, 사랑, 그릇의 크기

흔히 천사 같은 마음으로 남을 돕는 행위를 봉사라 한다.
맞는 말씀이다.
그러나 봉사는 순전히 나를 위한 것이기도 해서
나를 확대해가는 과정이기도 하다.

대체로 인간은 자신보다 잘난 사람에게 친절하고
가까이 다가가는 등 현실적 이익에 공들이며 살아간다.
나를 키우기 위해서는 열심히 공부해 돈을 크게 벌고,
건강하게 살아야 한다는 게 거의 정설이다.
그러나 정신세계를 넓히고, 감정을 잘 느끼는 삶으로 살기
위해서라면 타인과의 정신적 소통이 필수적이다.
전력을 다해 나보다 좀더 나은 사람에게 정성을 다하면
현실 타개에 도움을 받고 이득도 취하겠지만, 그 과정의
정신적 심통心通이 매우 힘들 것이다. 심통은 아무런
대가 없이 인간적으로 소통할 때 가능하다.

만약 열악한 환경의 장애우나 어려운 이웃을 도우면,
그들은 성의를 다하여 마음을 열어준다. 그때 느끼는
인간애가 아무나 느끼지 못하는 귀한 정신적인 심통이다.

이것은 자기확대에 속한다.
자기확대가 꾸준히 일어나는 자는 자립은 물론,
지도자의 길을 갈 수 있다.
서구 선진국에서는 정치인이나 지도자의 중요한 자질로
봉사정신을 우선적으로 평가한다. 자신에게 국한된 자격은
타인과의 소통에서 힘을 발휘할 수 없기 때문이다.

인간은 혼자일 수 없기에 누군가와 소통하며 살아간다.
언론에 얼굴내기 식 기부는 봉사라기보다 자신의 명예를
알리기 위한 체면치레에 불과하다. 즉 봉사를 앞세운
자기만족 또는 자기기만에 속한다.
순수한 한 사람의 인정으로 봉사의 기쁨을 충분히 맛볼 수
있는데, 명예에 빠져 이 기쁨을 모르니 답답할 뿐이다.
자신의 이익이나 명예에 마음이 가 있으면 진정으로
소통할 대상이 좁아지지 않겠는가?

봉사는 이웃에게 마음을 쓰는 것, 곧 더불어 사는 습관이다.
그것이 사람의 그릇이다.
결국 행복과 사랑도 자기 그릇만큼 깨닫는 그 사람의 크기다.

성공, 나를 키워주는 봉사

행복의 역발상

"나에게 삶의 이유가 생겨 감사할 거리를 찾기 시작했고,
그러자 삶의 목표가 생겼습니다."
인기 TV 프로그램인 <힐링 캠프>에 출연한 한 여성이
불행을 극복하고 일어선 자신을 설명하며 한 발언이다.
그녀는 대학 4학년 때 교통사고로 온몸에 55%의 화상을
입었다. 얼굴은 형편없이 망가져 보기가 민망했고,
손은 엄지손가락만 정상인 채 나머지 손가락은 모두
잘려나간 상태였다.
한때 자신을 살려놓은 가족과 의사를 원망할 정도로
삶을 비관했지만, 살 이유를 찾기 위해 노력한 결과
정상적이었던 예전보다 지금이 더 행복하다는 말로
마음상태를 표현하고 있었다.

바로 감사의 위력이다.
손가락이 다 잘리지 않아 숟가락을 들 수 있었고,
눈썹이 사라졌지만 예쁜 꽃을 볼 수 있어 고마웠다며,
하루 한 가지씩 감사한 일을 찾아보는 역발상으로 지냈단다.
꿈 많던 여대생 시절이었지만, 좀더 나은 성적, 좀더 멋진
남자친구 등 현재보다 더 높은 곳만 바라보며 행복을 느끼지

못했던 그때로 다시 돌아가고 싶지 않다고 했다.

"지난 사고는 당한 게 아니라 만난 것"이라고도 했다.
그 사고를 만나지 아니하였으면 오늘의 이 행복을 느끼지
못했을 것이라고. 하나를 잃고 더 큰 하나를 얻었다는 거다.
위로받아야 할 사람이 멀쩡한 사람들에게 행복의 길을
눈물겹게 깨우쳐주고 있었다.
오늘 아침, 지금 당장의 처지에서 감사를 찾는다면
행복하지 않을 자가 한 명도 없을 것 같다.

우리 대부분은 평범한 일상을 살고 있다.
위의 여대생과 같은 사고를 당하기 전, 하루 하나씩 감사할
거리를 찾는다면 진한 행복감을 되찾을 것 같은 예감에
희망찬 하루하루를 기대하게 된다.
무탈한 나의 일상만으로 행복을 느낄 수 있다면,
세상을 다 가진 것이나 다를 바 없다는 생각에 이른 것이다.
그럼 사랑과 행복도 굳이 찾아다닐 필요가 없지 않겠는가.
행복한 자에게는 수많은 지지자가 절로 생기고
무수한 사람이 자연스레 따르기 때문이다.

성공, 나를 키워주는 봉사

오복의 현대적 해석

동양 개념인 오복五福은 일생의 복을 간단하지만 폭넓게
정리한 것이다. 서양 철학자들이 인생을 뜻있고 복된
삶으로 여럿 정리했지만, 오복만 한 컨셉트가 없다고 한다.
오복의 첫째는 수壽.
오래 사는 것. 단명하다면 행·불행이 아무런 의미가 없다.
둘째 부귀富貴.
재물이 많고 남의 신세를 지지 않으며 귀한 대접을 받으며 산다는
의미다.
셋째 강녕康寧.
건강하고 가족과 주변이 평안해 불편이 없는 상태를 말한다.
넷째 유호덕攸好德.
덕을 좋아해 항상 남을 배려하는 자세가 몸에 밴 상태.
다섯째 고종명考終命.
여한 없이, 고통 없이 평안하게 죽음을 맞는다는 뜻.
오복은 모두 연결되어 한 실에 꿸 수 있어야 행복이 제대로
정리된다고 한다.

그런데 이중에서 인간이 스스로의 노력으로 구할 수 있는 복은
유호덕, 바로 베푸는 삶뿐이다.

'덕을 쌓아 수명을 잇는다'는 옛말이 지금도 여전히 맞다.
덕성스러움이 강녕, 수, 고종명에 연결돼 있기 때문이다.
부귀도 덕과 무관치 않다. 사람을 잘 다스려야 가능하고,
요즘 언어로 하면 이웃 봉사로 귀결되어야 부귀가 가능하기
때문이다.
현대 경영학에서도 지역사회를 배려하지 않는 경영자는
도태된다는 설이 기본이다.
오늘날 지도자의 덕목으로 봉사가 첫째 조건이고,
행복도 이웃과 함께 더불어 살지 않으면 불가능하다는
원칙적인 결론에 도달할 수밖에 없다.
다시 한 번 결론은?
현대의 복도 베푸는 삶뿐이다!

성공, 나를 키워주는 봉사

책, 책, 책을 읽자

남의 말을 경청하면 식견을 넓히는 데 큰 도움이 된다.
자기 말만 늘어놓고 남의 말을 귀담아 듣지 않는 이는
식견을 지닐 틈이 없다.
남의 말, 즉 남의 생각을 잘 정리하고 함축한 것이 책이다.
책은 과거의 역사와 미래의 비전 등을 짧은 시간 내에
들을 수 있는 시간여행이 가능한 타임머신과 같다.

수십 년 사귄 친구의 책을 보고 깜짝 놀라기도 한다.
그간 한 번도 눈치 채지 못한 친구의 놀라운 모습이
글로 표현되어 있기 때문이다.
시공을 초월해 수천 년 전 인간의 마음을 읽을 수 있고,
당시의 시대상을 살필 수도 있다.
전공서적뿐 아니라 역사, 철학, 소설, 시, 수필 등
모든 분야의 책이 나의 지혜와 식견을 도와주는 가정교사다.
전문가도 독서를 하지 않으면 더 이상의 발전이 없다고 한다.
최신 정보나 지식이 부족하기 십상이기 때문이다.

한 가지 간과해서는 안 될 것이 있다.
손때 묻은 책들은 가능한 오래 보도록 잘 간수할 것.

세월이 훌쩍 지나 다시 읽으면 책 맛이 아주 다르다.
같은 책이라도 시간이 지나 경험과 식견이 쌓일수록
느낌과 깨달음의 진폭이 많이 다르다는 얘기다.

<젊은 베르테르의 슬픔>을 10대 후반에 읽고 책장 속에
고이 두었는데, 30년이 지난 후 누렇게 변해 버린 책을
다시 꺼내 읽으니 그 감동이 너무나 새로웠다.
사춘기 때는 이루어지지 않은 사랑에 대한 동정으로
안타깝기 그지없었다. 그럼 30년 후는?
같은 책을 읽었지만, 하나뿐인 가슴의 사랑방을 남의
약혼녀에게 내주고 마침내 자살하고 마는 청년의 집착,
베르테르가 그저 미성숙한 젊은이로 보였다.
사랑의 방에는 두 영혼이 함께 들어가지 못한다는
인간적 진실에 대한 서늘한 감정도 달랐다.

독서는 마음의 양식을 쌓고 수천 년의 지혜를 빌려 오기에
가장 손쉬운 방법이라는 것을 힘주어 말하고 싶다.
또 하나, 독서를 즐기는 자는 친구와 만났을 때,
남의 흥을 볼 만큼 화제가 궁색하지 않아서 더욱 좋다.

성공, 나를 키워주는 봉사

늘 독서를 권유함

말이 나온 김에 <젊은 베르테르의 슬픔>이 청춘들의
감성과 이성에 끼친 영향을 얘기하고자 한다.
이 소설은 독일의 요한 볼프강 괴테가 1774년 발표,
출간 당시 유럽 전역을 강타했다. 주인공 베르테르의
열렬한 사랑에 감동해 현실감각을 잃은 수많은 젊은이가
주인공을 따라 자살했을 만큼 질풍노도의 감성적인
문장으로도 유명하다.

베르테르는 알베르트의 약혼녀 롯데를 짝사랑하게 된다.
그는 친구 빌헬름에게 편지를 쓰면서 안타까운 사랑에
빠진 인간내면의 감정을 풍부하게 표현한다.
현실의 벽에 부딪힌 주인공 베르테르는 끝내 권총 자살로
비극적인 결말을 맞는다.

폭발적인 대중의 사랑 외에도 프랑스의 영웅 나폴레옹이
전쟁터에서만 7번 읽었다는 기록이 남아 있다.
조세핀의 마음을 얻기 위해 감각이 되살아난 것일까.
우리나라에서도 일찍이 번역되어 수많은 젊은이가 읽었다.
특히 유통 분야의 강자 롯데그룹의 창업자 신격호 회장이

젊은 시절 이 소설의 여주인공 롯데를 동경하게 되어
상호를 롯데로 지었다고 한다.
젊은 괴테에게 풋풋한 감성과 뜨거운 열정이 있었기에
노년 시절에도 그는 17세 소녀와 사랑에 빠질 수 있었다.
사랑과 감성은 나이를 초월한다.

또한 독서는 위대한 정신이 깃든 단 몇 자의 글에서도
인생이 바뀔 만한 좌우명을 발견할 수도 있기에
인류 문화유산의 출발지가 되기도 한다.
안중근 의사가 사형 선고를 받고 옥중에서 쓴 글 중에
"하루라도 글을 읽지 않으면 입에서 가시가 돋는다"는 게
있다. 마지막까지 남의 생각과 언어에 귀 열어 놓고
마음수련을 계속하며 삶에 성실하겠다는 의지로 보인다.

성공, 나를 키워주는 봉사

리듬을 타는 삶

음악에 리듬이 없다면?
쉽게 상상이 되지 않는다.
실은 음악뿐 아니라 세상사 모든 일에는 리듬이 있다.
수많은 사람이 사는 이 세상에 일정한 리듬이 없다면
아수라장이 되리란 것은 뻔한 이치다.

리듬 중 가장 중요한 것은 개인의 일상생활 리듬이다.
철학자 칸트가 산책하는 시간은 항상 오후 5시경,
일정한 코스와 시간대를 벗어나는 법이 없었다고 한다.
특히 불교 스님의 수행은 기상, 취침, 참선이 하루의 일과
안에서 일정한 리듬으로 정진됐을 때 깨침이 온다고 한다.

그래서 어떤 스님이든 그의 하루 일과만 보아도
그가 제대로 수행하는 스님인지 아닌지 알 수 있단다.
이점에서는 학생도 마찬가지다.
직업인의 경우도 시간의 리듬을 잃게 되어 일은 고사하고
건강까지 망치는 경우를 많이 보았다.

각 분야에서 성공한 이들의 통계가 말해주듯,

날마다 리듬을 타고 그것을 유지하는 자만이 직업에서
일가를 이루게 된다. 만약 생활의 리듬을 놓치고
성공하기를 바란다면 그것은 헛된 망상에 불과하다.
정년 퇴직자들이 은퇴 후 대부분 건강이 금세 망가지는
것도 생활 리듬을 잃어서라고 한다.

하루의 리듬은 자기와 약속을 지키는 결심에서 시작된다.
군 생활 중에는 건강하다가 제대 후 쉽게 건강을 잃는 이를
자주 본다. 이런 젊은이는 강제적인 환경에서 살아야
건강한 일상을 지킬 수 있을 것이다. 그러나 인간이란
자발적으로 질서를 유지해야 인간답게 살 수 있는 법.

리듬은 박자다. 인간은 모든 일에서 박자가 맞아야
제대로 살 수 있다. 즉 제대로 된 습관이 바른 삶이다.
습관이 되면 모든 일을 힘들지 않게 바로 처리할 수 있는
힘을 얻는다. 바른 습관을 몸에 붙이기 위해 잠시
괴로울 수 있지만, 그것이 성공 방향의 지름길이다.
그래서 어떤 이의 습관을 보면, 그의 전부를 알 수 있다.
바른 생활습관이 건강, 일, 사랑 등 '인생 성공'의 열쇠다.

왜 바보가 되어야 하는가

"인간의 뇌는 좌뇌와 우뇌로 구분할 수 있다. 좌내는 이성적 계산이나 감정을 담당하고, 우뇌는 인류 600만년의 생각과 행동 등을 유전자를 통해 기록한 컴퓨터 칩이라 할 수 있다.

즉, 좌뇌는 당대의 기록을 담당하고 있기에 우리가 기억하는 모든 생각과 행동은 여기에서 기억·보존된다. 우리가 만약 역사의 자료 없이도 인류 600만년의 지혜를 빌릴라 치면 우뇌의 활용이 필요하다는 것이다.

우뇌 활동의 첫째 조건은 천진·순수해야 한다는 것이다. 다음이 명상을 통해 좌뇌를 쉬게 해야 우뇌가 좌뇌를 도와 생각의 표면에 인류 조상의 지혜가 떠오른다는 사실이다.

그럴 때 뇌의 작용은 알파파라는 호르몬을 분비하고 뇌가 건강해지고 그 뇌의 작용으로 신체 각 부분이 건강해진다는 것이다. 이것을 뇌내혁명腦內革命이라 이름한다."

— 하루야마 시게오 <뇌내혁명> 중에서

동양 의학과 서양 의학을 융합한 치료로 신뢰를 받으며, 1996년 토쿄 신주쿠에 건강테마파크 '마호로바 클럽'의 설립을 주도한 일본의 저명한 외과의사이자 한의사인 하루야마 시게오가 쓴 <뇌내혁명>은 일본은 물론 우리나라에서도 수십만 부가 팔린 장기 베스트셀러다.

이 책은 바보클럽이 천진과 순수의 길을 가는 당위성을 의학적으로 증명해준다고 생각한다.

과거의 의학에서 우뇌는 특별한 역할이 없다고 믿었다.
그러나 현대 의학이 밝힌 바, 우뇌는 인류 600만년의 기록을
담당하는 유전자로서 컴퓨터 칩에 해당한다. 좌뇌가 너무
무리하면 우뇌가 활동을 멈춘다. 좌뇌가 쉬어야 우뇌가
활동할 수 있다는 것이다.

즉, 천진하고 순수해야 우뇌에서 인류 조상의 축적된 지혜를
좌뇌로 보내준다고 한다. 흔히 머리 회전이 빠른 사람에게
머리가 좋다고 한다. 하지만 한 개인의 좌뇌가 아무리 뛰어난들
600만년 동안 축적된 인류의 지혜를 당하겠는가.

최고학부를 나온 엘리트가 성공하지 못하는 경우가 있고,
무학인 아둔한 자가 매우 지혜로우며 크게 성공하는
경우도 있다.

결국 조상의 지혜를 얻는 일은 '하늘은 스스로 돕는 자를
돕는다'는 서양 격언과, 노자의 '하늘은 내 편 네 편이 없고
항상 착한 사람의 편이다'는 말과 맥을 같이한다. 천진하고
순수한 바보로 살아야 할 이유가 여기에 있다.

왜 명상이 필요하고, 왜 남을 위한 봉사가 필요하고, 왜 긍정적
사고로 낭만의 즐거움을 찾아야 하는가. 모두가 천진과
순수의 길로 가는 지름길이기 때문이다.

4

착한 관계의 기본과 예술

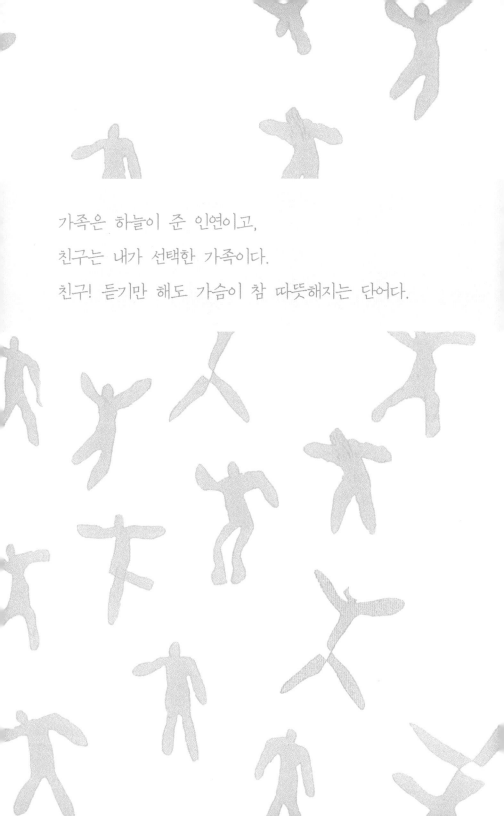

가족은 하늘이 준 인연이고,
친구는 내가 선택한 가족이다.
친구! 듣기만 해도 가슴이 참 따뜻해지는 단어다.

친구, 내가 선택한 가족

'또 다른 나'가 친구라는 이름으로 불리어진다.
그는 인생의 길동무요, 말벗이요, 정신적 거울이다.
우리는 학창 시절 동기동창을 친구라 부르기도 한다.
보통 나이가 같거나 동시대에 태어남을 기본으로 해
만만한 사이를 그렇게 부른다.
그러나 친구는 부부와도 다른 개념의 인생 동반자다.
부부는 엄밀히 말해서 인생 동업자다. 일심동체라
하지만 조금 소홀하거나 욕심을 부리면 밸런스가
깨져 시끄러운 소리가 나는 관계이기도 하다.

그러나 친구란 어떤 계산도 있을 수 없는 관계다.
정신계가 같아서 의기투합할 수 있는 정신적 애정 관계이다.
중요한 건 나의 우정 철학이 없다면,
단 한 명의 친구도 가질 수 없다는 거다. 어느 날
좋은 친구, 마음 맞는 친구가 훌쩍 나타나는 게 아니고,
나와 그의 정신계가 서로 반응해서 맺어지는 관계,
즉 그는 '또 다른 나'라는 것이다.

수많은 동기를 친구라 부르면서, 단 한 명을 말하는

것은 어찌 보면 어불성설일 수 있다.
현실에 바탕해 생각해보자. 단 한 명 진정성 있는 친구가
있다면 그는 대단한 생활철학을 몸에 지닌 자이다.
그래서 친구는 '나의 거울'인 것이다.

평소 늘 진실을 얘기하다가 막상 위기가 닥치면
속물근성으로 돌변하거나, 친구를 빙자해서
자신의 물질이나 편리를 도모하는 자들을 흔히 본다.
안타깝다. 마음이 가면 물질과 수고는 저절로 흐르는 법인데!
진정한 우정이 깨지는 아픈 순간이다.

"가족은 하늘이 준 인연이고, 친구는 내가 선택한 가족이다."
누군가의 멋진 경구가 생각난다.
친구! 듣기만 해도 가슴이 참 따뜻해지는 단어다.

친구라는 자화상

평소 함께 어울리는 이도 중요한 친구다.

진정한 친구 한두 명하고만 항상 놀 수는 없지 않겠는가.

오리는 오리끼리 모이고 참새는 참새끼리 만나는 법.

해서 사람을 알려면 친구를 보라고 했다. 무서운 말이다.

주위 친구가 성에 안 차지만, 별수없어 그들과 어울린다는

이도 가끔 본다. 그런데 그 친구가 바로 내 자화상이다.

그들 중에는 진정한 친구가 될 자도 있을 것이다.

족자에 걸려 있던 어느 현자의 글귀가 생각난다.

승우여운勝友如雲, 친구를 이기는 건 뜬구름과 같은 것.

친구는 이길 필요가 없다는 뜻으로 해석된다.

만약 친구를 꼼짝 못하게 이겼다고 치자.

온전한 친구 관계가 유지될까?

보고서에 따르면, 장수의 제일 조건은 많은 친구란다.

마음 트고 의기투합할 친구는 마음방에 따로 모셔야 한다.

모두 친구지만, 위기가 오면 그의 진정성이 드러난다.

성현은 어떤 친구관을 지녔는지 고전도 살펴보자.

온고지신溫故知新이라 했다. 성현의 말씀을 염두에 두고

처신하면 세상살이가 한결 수월해진다. '어른을 받들면

자다가도 떡이 생긴다'는 옛말이 이래서 생겼나보다.

귀인, 하늘의 대리자

부귀를 다 누려도 귀인이 되기란 참 쉽지 않다.
또 귀인을 만나고 싶어도 함부로 만나지지 않는다.
노자가 '하늘은 항상 착한 사람의 편'이라고 했듯이
귀인은 착한 사람 앞에 문득 나타난다. 그는 아무에게나
귀인이 되지 않고, 주변의 이웃을 착하게 도와주는
사람에게 비로소 귀인이 되는 것이다.
아무리 대접받고 싶어도 진정한 대접은 받기 쉽지 않다.
위대한 스승 예수는 "네가 대접받고자 하면 먼저 남을
대접하라"고 얘기했다. 특히 갑을 관계에서 받는 대접은
진정한 것이 아니다. 갑으로서 받은 대접은 대접이 아니라는
깨달음이 와야 불편하지 않을 것이다.
자수성가한 이들은 대부분 평생 을로 살았다. 이런 이들은
어디서나 대접받기보다 자기역할을 하려고 노력한다.
그렇다고 귀인이 되는 건 아니다. 착한 일을 성실히
수행할 때, 귀인이 모르게 돕는 것이다.
그러니 어떤 좋은 일도 혼자서는 이룰 수 없는 법.
귀인을 만나려면 먼저 그를 알아보고 은혜에 감사해야 한다.
또 항상 착한 곳에 마음을 두면, 귀인이 주위에 머문다.
하늘을 대신해서……

착한 관계의 기본과 예술

익자삼우와 손자삼우

성인이 되면 스승이 따로 없고 자주 보는 친구를 닮는 듯하다.
오늘은 고전에서 성현의 눈을 빌려 친구에 대해 생각해보자.
우선 <논어> 위정편의 기록을 더듬어본다.

익자삼우益者三友란 내게 득이 되는 세 부류의 친구를 말한다.
첫째, 직直. 정직한 친구.
둘째, 양諒. 허위나 과장이 없는 친구.
셋째, 다문多聞. 보고 들은 것이 많은 친구.
첫째, 정직한 친구는 설명이 필요 없을 것이다.
둘째, 허위나 과장이 없는 친구는 술자리 약속이라도
꼭 지키는 친구로, 함부로 말하는 법이 없다.
셋째, 다문한 이, 지식과 지혜가 많은 친구를 말한다.

이런 친구를 곁에 두면 항상 독서를 하는 것과 같다.
자연과학은 과거와 현대의 지식 차이가 엄청나다.
하지만 고전은 현대에도 생생한 지침서가 되고 있다.
그래서 요즘 인문학 고전 읽기가 큰 흐름이 되었다.
혼자서 깨치기보다 보고 들어 깨닫는 것이 빠른 길이요,
옳은 길이 아니겠는가.

대체로 진실한 친구보다 이름만 아는 친구가 훨씬 많다.
그래도 친구의 윤곽은 잡고 있어야 낭패를 면할 것이다.
피해야 할 세 부류 친구, 손자삼우損者三友도 살펴보자.
첫째, 편벽便辟. 남에게 아부하는 친구.
둘째, 선유善柔. 겉은 부드러우나 성의가 없는 친구,
흔히 법 없이도 산다는 친구.
셋째, 편녕便佞. 말만 많고 마음이 비뚤어진 친구.
첫째, 아부를 잘하는 친구를 곁에 두면 내가 무엇을
잘못하는지 모른 채로 지날 수 있다. 흔히 의기투합하는
친구로 보이지만, 서툰 의리를 서로 칭찬하며
딴 길을 가더라도 말릴 친구가 없게 된다.
둘째, 부드럽지만 성의 없는 친구는 득실이 없으면
설령 나쁜 길을 가도 못 본 체한다. 또 좋은 일에 격려나 칭찬도
않는다. 이런 친구가 덕성스럽다고 오해하는 이가 많다.
허나 이들은 실속파라고 할까, 의협심이 없다. 그를 믿고 일을
도모하다가 낭패를 볼 것이다.
셋째, 마음이 비뚤어진 친구는 좋은 일도 시기하고 질투한다.
충언을 빙자해 친구의 속을 뒤집기도 한다.
친구, 참 중요하다. 인류의 지혜, 고전도 참고하시길.

착한 관계의 기본과 예술

도반과 벗

도반道伴은 불교 용어로 진여眞如(사물 본래의 모습이라는 뜻, 우주 만유의 본체인 평등하고 차별이 없는 절대의 진리를 이름)를 깨친 자들의 관계를 말한다.
보통 진리의 길을 가고자 서로 의논하며 격려할 수 있는 관계를 도반이라 한다.
길이 달라도 목표가 같을 때 도반끼리의 대화는 곧 선문답과도 같다. 멘토 - 멘티 관계와 다를 바 없다.
삶에서 도반이 얼마나 중요한지 나이 들어 깨치지만, 그때는 이미 늦었다. 서로서로 멘토-멘티가 되어 한 세월을 지내다보면, 소록소록 인생의 즐거움과 애환의 공유와, 극히 소박한 소유만으로도 삶이 얼마나 가치 있는지 보람을 느낄 것이다.

우리 바보클럽의 친구들은 모두 도반이다.
주제가 없는 사귐은 뜬구름 잡는 관계이기 십상이다.
그러나 바클은 목표가 분명하고, 이웃을 도울 준비가 되어 있는 인간끼리의 만남이다.
정말 하늘의 복을 받은 인연들이다.
멋진 도반끼리 한 세상 행복하게 꾸려보시구려!

<논어>의 학이편 첫머리에서 공자는 이렇게 시작한다.
"배우고 때로 익히면 어찌 기쁘지 않겠는가.
벗이 있어 먼 곳에서 찾아오면 어찌 즐겁지 않겠는가.
세상이 나를 알아주지 않아도 노여워하지 않음은
어찌 군자의 도리가 아니겠는가."

먼저 깨달은 사람에게 배우고, 익히고, 행하는 동안
자신도 모르게 마음에서 일어나는 기쁨을 느끼게 된다.
멀리서 배우러 오는 사람이 있다면 기쁘다는 뜻.
여기서 벗이란 학문을 같이할 사람을 일컫는다.
학문에 뜻을 두고 의기가 맞을 때의 기쁨을 노래했다.
세상이 나의 학문과 뜻을 이해하지 않아도 노여워하지
않음은 그 학문이 나를 위한 것이기 때문이다.
그러니 남이 알아주든 말든 괘념치 않는다.

가장 중요한 건 뜻을 같이할 친구, 도반과의 만남이다.
바보클럽을 찾아오는 신입회원이 반갑고 기쁜 것은
공자의 마음, 즉 "멀리서 친구가 찾아오면 기쁘지 아니한가"의
그 친구를 만난 즐거움과 꼭 같다.

착한 관계의 기본과 예술

친구를 얻는 법

고교 시절 별난 영어 선생님이 한 분 계셨다.
주먹 휘두르는 학생은 주먹으로 다스린 분이었는데,
수업 시간에는 가끔 자신의 인생론을 얘기하며 수업
분위기를 바꿔주곤 하셨다. 당시 36세였다고 기억한다.
"인물보다 머리 좋은 게 낫다"는 말씀을 자주 하셨다.
"약삭빠른 친구보다 의리 있는 친구가 성공한다"고
강조하시던 목소리가 지금도 귀에 쟁쟁하다.

어느 날 수업 시간에 하신 말씀에 꽂혀, 지금까지 그걸
실천하며 살아왔다. 오늘 그 예화를 소개하고자 한다.

그 무렵 시내버스 요금이 10원이었고, 적당한 크기의
벽걸이 거울이 100원 정도였었다.
말씀인즉, 친구의 자취방을 방문할 경우 3명이 100원을
만들어 거울을 살 때는 주저 없이 40원을 내고,
3명에게 친구의 부모님이 용돈으로 100원 주신다면
서슴없이 30원만 취하라는 거였다. 그것이 친구를 얻는
방법이자 성공으로 가는 길이라는 취지였다.
당시에도 정말 기발한 처세라고 생각되었다.

그후 친구에게 살짝 손해 보고 살면 주변에 친구가 모일
거라는 데 생각이 미쳐, 지금껏 40년 이상 실천해왔다.
확신이 섰기 때문에 실천에 그리 큰 힘이 들지 않았다.
그런데 효과는 상상을 초월했다.
실은 그때부터 바보철학을 실행해온 것이다.

절대 손해 보지 않고 살겠다는 의식이 잠재적으로 깔려 있는
친구는 이런 실천이 매우 힘든가 보다.
그 결과 소중한 친구를 여럿 잃은 자를 많이 봐왔다.
하버드 대학교 박사라고 해도 그저 되는 게 아니라
스스로 내면화해야 되는 생활철학이기 때문일 것이다.
그래서인가. 시쳇말로 박사보다 밥사(밥을 자주 사는 사람)가
더 존경을 받는다고 한다.

이제 생각하니, 영어 공부는 지식을 얻기 위한 도구였고,
자투리 시간의 인생 얘기가 참스승의 말씀으로 남았다.

사랑과 믿음

사랑에는 믿음이 따라 다닌다. 사랑에 믿음이 없다면
그것은 언제 사라질지 모르는 신기루와 같은 것이다.
한 의학연구기관이 쥐를 대상으로 사랑의 힘이 상황에 따라
어떻게 반응하는지 임상실험을 했는데, 믿음의 위력이
놀라운 결과로 도출되었다고 한다.

쥐를 세 그룹으로 나누고, 모두 충분한 사료를 주는
조건으로 각기 방을 만들었다.
첫째 방은 2마리를 함께 넣고 사료는 자동 기계식으로
급식했다. 둘째 방은 1마리를 격리해서 역시 기계로
자동 급식했다. 셋째 방도 1마리를 격리했지만, 사람이
직접 사료를 주며 친숙한 관계를 유지하였다.

얼마 후, 둘째 방 쥐 1마리는 곧 병들어 일찍 죽었고,
첫째 방 2마리는 서로 의지하며 좀더 살았다고 한다.
셋째 방 쥐 1마리는 먹이를 주던 사람과 친숙해져서
가장 건강하게 오래 살았다.
기계로 자동 급식한 1마리는 외로워 일찍 죽었고,
2마리는 기계식 자동 급식을 했지만 서로 의지한

동종끼리 사랑으로 예상보다 오래 살았다는 것이다.
마지막으로 사람이 직접 급식하고 친밀하게 관리한 쥐는
동종이 아닌 인간과의 사랑과 믿음 덕분에 제일 건강하게
오래 살았다는 실험 결과가 나온 것이다.

여기서 중요한 건 쥐끼리의 사랑보다 초超쥐적인
인간의 사랑을 신뢰한 까닭에 건강하게 오래 살았다는 것.
만약 평범한 시민에게 대통령이나 국회의장이 자주
전화해서 격려하고 믿음을 준다면, 그가 인생을 살아가는 데
굉장한 힘이 되지 않겠는가.
결론적으로 말해서, 초월적인 우주에서 인간에게 보내는
차고 넘치는 사랑에 대한 믿음이 확실하다면, 그 믿음은
그의 건강생활에 무한한 힘이 될 것이다.

착한 관계의 기본과 예술

사랑과 가슴

사랑은 혼자서 할 수 없다. 반드시 대상이 있어야 한다.
흔히들 대상만 만나면 쉽게 사랑할 수 있으리라 믿는다.
그런데 사실은 영 다르다. 사랑을 담을 나의 그릇이
없다면 영원히 대상을 만나지 못하고 만다.
바로 내 가슴이 촉촉하게 준비되어 있어야 하는 것.
그 가슴은 정직하고, 순수하고, 담백해야 한다.
만약 내 가슴에 다른 조건을 품고 있으면, 대상과
맞을 리 없다. 아무리 착한 사랑을 하고 싶어도 대상을
향한 무리한 요구가 불순물처럼 끼게 될 것이다.

상대방도 마찬가지다. 서로 순수하고 담백하지 않으면
사랑할 수 없는 법. 만약 그렇지 않은 채 계속 사랑을
유지한다면 실은 거래에 속할 것이다.
실제로 많은 남녀가 명분만 사랑인 거래를 하고 있다.
가문끼리 결합하는 정략결혼도 엄밀히 말하면 거래의
시작이다. 사랑이 배제된 결혼이나 섹스가 얼마나
많은 대가를 치를지 아직 어느 누구도 모른다.

중요한 점은 먼저 나의 가슴부터 정리하는 것이다.

대상 찾기는 그후의 일. 그렇지 않으면 신기루 속에서
헤매다 인생이 끝날 것이다.

청춘 시절에만 사랑이 가능한 건 아니다. 생명이 있는 한
기회는 여러번 올 수 있다. 하늘에 감사하는 마음이 있는
한 가능하다. 즉 바보가 될 수 있으면 가능할 터.

바보클럽 내에서 만나 사랑을 키운 커플이 많은데,
그 사랑은 하늘의 축복을 받은 아주 귀한 경우다.
봉사하는 자체가 벌써 순수하고 담백한 가슴을 가졌다는
의미이니, 그들이 모임에서 조건 없이 감정 확인의 단계만 거쳐
가꾼 사랑이니 더욱 그렇다.

우리 바보클럽이 선남선녀의 단체라는데 생각이 미치니
왜 이리 신나는지 모르겠다.
그래서 오늘은 더욱 맑고 밝고 즐거운 날이다.
새벽 공기는 또 어떤가.
이것만으로 오늘은 내 생애 최고의 날이 되고도 남는다.

착한 관계의 기본과 예술

그리움은 행복이다

한쪽의 텅빈 가슴을 채우는 것엔 그리움이 있다.
만약 인생에 그리운 것이 없다면 한쪽 빈 가슴을
채울 재료로 욕심이 대신할 수밖에 없을 것이다.
욕심이 현실에서 채워지지 않으면 도박이나 잘못된
취미로 빈 가슴을 메꾸기 십상이다.
그리움은 사랑의 대상이고, 현실의 고단함을 위로받을
수 있는 향수에 가깝다.

한용운의 <님의 침묵>에서 "님은 님만 아니라 그리운 것은
다 님이다"라고 한 군말의 해설이 생각난다. 이때 님은
잃어버린 조국으로, 조국을 향한 그리움을 노래한 절창이다.
그리움의 대상은 항시 희망을 내포하고 있기에 빈 가슴을
채울 수 있다. 북한에 고향을 둔 5도민은 향수가
그리움이 되어 가슴앓이를 하기도 한다. 그러나 그리운

고향에 갈 수 있다는 희망으로 그날을 기다리며 산다.

그리움이 남아 있음은 행복을 만들기 위한 준비로
최고 덕목이다. 아련한 첫사랑의 그리움은 평생 순수한
사랑의 감정이 식지 않도록 도와준다.
또한 그리움은 현실의 어려움을 극복하는 활력소
역할도 한다. 그리움이 부족한 인간은 부모님의
기일忌日조차 귀찮아할 수 있다.

인간의 불완전한 내면에 그리운 대상이 있다는 것은
감정이 아직 살아 있다는 증거이다.
그대가 누군가 그리움의 대상이라면 그대는 멋진 인생을
살고 있다는 증거다. 그러나 알기가 쉽지 않다.
그리움은 가슴속에 혼자 간직하는 추억이고
낭만인 경우가 대부분이기 때문이다.
설령 알게 되더라도, 그리운 대상보다 그리워하는 자가
더 행복하다. 그는 촉촉한 가슴을 품은 자이기 때문이다.

반한다는 것

"남자가 남자에게 반하는 것은 그의 의로움 때문이고
여자가 여자에게 반하는 것은 그의 외로움 때문이다."
어느 노시인의 시 구절이다.

산사람은 산에 반하고 귀인은 착한 사람에게 반한다.
인기에 반하고 색에 반해 얼마를 가겠는가.
한 번 반한 마음이 가슴속 친구로 살아 남아
살맛나는 세상을 맛보아야 하지 않겠는가!
무언가 미치도록 사랑하고파 여기저기 헤매어도
마땅한 임자를 못 만나 허전한 가슴을 쓸어내린 게 몇 번이던가!
친구란 이름으로 불러만 주어도 좋을 텐데…….
애인이든 우인이든 한 번이라도 반해 의기투합하는 날이면
이제까지 살아온 보람이 팽팽하게 다가올 것이다.

따뜻한 행복감…….
반한다는 것은 내가 먼저 상대를 알아주는 것이고,
그 피드백이 내게 오는 순간이 곧 의기투합이고,
살 만한 세상을 맞이하는 대문이다.

미움받는 사람보다

미워하는 사람이

오히려 더 상처받는다.

용서는 나를 자유롭게

풀어주는 열쇠이다.

사과, 사랑받는 기술

누구나 착각할 수 있다. 그것을 남이 지적할 때
기분 나쁘거나 자존심이 상할 경우도 있다.
그러나 그것이 착각임을 알았을 때 지적한 이에게
즉시 사과하면, 그는 오히려 고마워한다. 착각을
합리화시키기 위해 상대를 몰아붙이거나 변명을
늘어놓으면 서로 기분만 상한다. 서로 아무 도움이
되지 않음은 물론, 다음 대화까지 어려워진다.
사과는 부끄러운 게 아니다. 오히려 사과 잘하는 사람을
겸손한 인격자로 보는 경향이 있다. 실수한 것이
나쁜 게 아니라 사과하지 않는 교만이 더 나쁘게 보인다.
누구든 실수나 잘못은 할 수 있다. 그때 나는 어떻게
처신했는지 뒤돌아볼 일이다. 사과하지 않는
완벽주의자보다 솔직하게 인정하고 얼른 사과하는
사람이 많은 이들에게 지지를 받는다.
더욱 현명한 자는 상대가 착각해 고집 부릴 경우에도
그를 비난하지 않고 원만하게 처리하기 위해
오히려 자신이 사과하는 모습을 보이기도 한다. 이런
사과의 위력은 참 대단하다. 세상을 사는 최상의 힘이
되기도 한다. 물론 사랑받는 멋진 기술이기도 하다.

정, 행복을 일구는 힘

정情이란 사람과 사람 사이의 고리이다.
한자 구성이 재미있다. 마음 심 변에 푸를 청을 쓴다.
마음이 푸르다는 것이다.
마음이 늙거나 우울하면 정이 생기지 않는다는 뜻이리라.
흔히 애정, 우정, 진정 등 인간이 느끼는 감정을 일러
정이라 부른다. 옥편에는 '뜻 정'이라 번역하고 있다.
마음이 밝고 맑지 않을 때는 정이 솟아나지 않는 법.
뜻 있는 사람끼리의 정이 진정인 것이다. 오래 사귀면
정든다고 하지만, 진정이 아닐 경우 정떨어지고 만다.
군중 속에서 우울을 느끼는 것은 뜻을 같이할 사람이
없어서 그렇다.
작고 소박함에 뜻을 두면, 정이 넘치게 될 터이다.
그러나 욕심에 가득 차 있으면 정을 느끼기 참 어렵다.
정은 흐르는 물과 같아서 낮은 폭포 아래서는 힘들지
않게 마음껏 맛볼 수 있지만, 폭포 위에서는
한 방울의 물도 맛보지 못하는 경우와 같다.
큰일은 인간관계로 하는 거지 욕심이 크다고 성사되는
것은 절대 아니다. 결국 정이란 사람 사이에서
사랑, 행복, 성공 등을 일궈내는 매개이자 힘인 것.

착한 관계의 기본과 예술

용서는 나를 위한 것

대부분의 사람은 남에게 받은 마음의 상처를
가장 힘들게 느낀다고 한다. 다시 되돌릴 수 있다면
이해나 용서가 되겠지만, 현실은 그렇지 않기에
상처가 좀처럼 가시지 않는다고 한다.

용서는 남을 용서하는 것과 나를 용서하는 것으로
나눌 수 있다. 어떤 용서든 그것은 나를 위한 것이지
남을 위한 것이 아님을 먼저 알면 좋겠다.
상황은 종료되었는데, 내가 마음을 못 풀고 있기에
계속 용서가 안 된다. 지난 일의 상처 때문에 아직도
용서 못하고 있다면, 그 상처가 아물지 못하도록
자꾸 흠집을 내고 있는 것은 아닌지 돌아볼 일이다.

더 힘든 일은 나를 용서하는 것이다. 나의 잘못이나
실수로 자책하는 마음을 어루만지고 이해하는 일이다.
죄책감은 인생을 황폐하게 만드는 주요 원인이다.
생명이 있는 한 기회는 다시 온다. 마음을 다독이고
다시 시작하도록 북돋워주면 된다.
용서는 나를 해방시키는 최선의 결심이다.

용서, 나를 풀어주는 열쇠

간디의 말을 빌리면, "미움받는 사람보다 미워하는
사람이 오히려 더 상처받는다"고 한다. 불교에서도
'미움은 나를 태우는 불'이라고 설법한다.
어떤 이는 용서는 되어도 잊을 수 없다고 한다.
그러나 용서란 모든 것을 털고 새로 시작하기이다.
때로 상대를 긍휼히 여겨 용서해주고, 마음의
부담에서 벗어날 필요가 있다.

위대한 스승 예수의 '원수를 사랑하라'는 가르침을 깊이
되뇌어보면 '잃어버린 친구를 다시 찾으라'는 뜻이다.
모르는 사람과 원수가 될 리는 결코 없다.
친구나 지인 사이에서 착오나 오해로 생긴 불화로
인해 내 감정이 만들어낸 결과다. 마음을 깨끗이 정리해야
앞으로 나아갈 수 있는 법. 그래서 용서가 필요하다.
방치하거나 묶어두면 자신도 모르는 콤플렉스로 인해
앞날에 엄청난 장애가 되어 결정적인 순간에 나타날지
모른다. 헛된 미움 때문에 얼마나 많은 시간과 에너지를
허비했는지, 그 쓰라림을 나의 경험으로도 잘 안다.
용서는 나를 자유롭게 풀어주는 열쇠다.

용서, 사랑과 평화를 위해

용서는 누구를 위해서 또는 무슨 조건으로 하는 것이
결코 아니다. 용서는 눈앞의 장애물을 없애기 위해
초석을 닦는 일이다.
원한이나 죄책감을 갖고 있으면 어떤 일이든 제대로
되지 않고, 시간이 많이 흐르면 오히려
나의 정신이나 신체에 병을 불러들일 수 있다.

기본적으로 용서는 사랑을 이해하고 있기에 가능하다.
사랑이 갖는 마음에는 모든 장애물을 지워버리는
작용이 있다. 누구를 사랑해서라기보다 나를
이해하는 사랑이기에 그렇다고 한다.
타인과의 관계가 매우 중요해졌지만, 나 자신과도
잘 지내야 한다. 스스로 하찮은 존재로 치부하면
사랑의 마음을 품을 수 없기 때문이다.

또한 용서하는 순간, 그간 잃고 있었던 친구와
불편했던 가족 관계, 원수 같은 거래처나 직장 상사 등
모두가 나의 동반자로 변해 있음에 깜짝 놀랄 것이다.
나를 사랑과 평화로 인도하는 길이 곧 용서다.

우정에 대하여

인생에서 우정을 빼면 김빠진 맥주 같다고 할까.
우정은 친구 사이에만 존재하는 것이 아니다.
부부애도 우정이 뒷받침되지 않으면 백년해로가 힘들다.
성현 장자莊子는 "군자의 교제는 담담한 물과 같고,
소인의 교제는 단술과 같다"고 했다.
우정이란 오래 사귄 사람과의 참된 정을 이르는 말이다.
만약 친구 관계에서 자기이익을 계산한 후
겉만 갖고 대하면 그것은 우정이라 말할 수 없다.
장자가 말한 소인배의 관계에 불과하다.
군자의 교제를 담담한 물과 같다고 함은 말과
행동으로 자주 표현하지 않아도 깊은 정으로 위하고
세상의 동반자라는 생각이 익은 관계를 의미하는 거다.
그러나 소인은 타산이 맞는 것에만 행동하므로
우선 먹기에 좋은 단술에 비교한 것 같다.
위기가 오면 곧 돌아서는 것이 소인배의 생리일 터.
우정은 생각이나 말로 되는 것이 아니라 진실한
철학이 가슴에 있어야 서로 가능한 것이다.
진실은 상대에게서만 찾을 것이 아니라
나의 가슴부터 정리해야 보일 것이다.

착한 관계의 기본과 예술

삶은 약속의 연속

사람 사이에 약속이 없으면 관계가 생기지 않는다.
친구와 대화하는 자체가 약속하고 있는 중이다.
또 친구에게 신용을 잃었다는 건 약속을 어겼다는 뜻.

흔히 구체적 약조를 한 경우만 약속이라고 생각한다.
그러나 자신이 한 말에 책임을 지지 않거나 말과 행동이
서로 다른 것도 역시 약속을 어기는 것이다.
보통 재산이 오갈 때 계약을 한다.
계약이란 법이 강제할 수 있도록 약속하는 것이다.
우리는 약속이란 말 없이도 온갖 약속을 하며 살고 있다.

약속은 크게 두 가지로 나눌 수 있다.
첫째 남과의 약속이고, 둘째 자신과의 약속이다.
남과의 약속 중 첫 번째가 시간 약속이다.
시간 약속을 잘 지키지 않는 사람과 다른 일을
약속한다면, 글쎄, 그건 무모한 짓이다.
대개 성공한 사람은 약속 시간을 틀림없이 잘 지킨다.
곰곰이 주변 인물들을 살펴보면 금세 이해할 것이다.
돈을 빌리고 갚는 문제에서는 더 말할 나위가 없다.

둘째, 자신과의 약속은 결심을 끝까지 이뤄내는 문제다.
일상사 문제부터 사업 계획에 이르기까지 결심한 일은
꼭 지켜야 성공으로 가는 대로大路에 들어선다.
결심할 때 비장한 각오를 하지만 얼마 못 가 초심을
잃고 흐지부지하면 실패는 불 보듯 뻔한 일이 될 터.

남과 약속을 못 지키면 사과로 용서라도 받을 수 있지만
나와의 약속을 어기면 사과할 곳조차 없다.
세상에서 큰 뜻을 이룬 모든 인물은 자신과의 약속을
특히 잘 지켜온 이들이다.
마음을 가다듬고 지나온 시간을 회상하기 바란다.
나는 얼마나 자신과의 약속을 잘 지켜왔는가?

열등감, 그 이후

행복을 느끼는 첫째 바탕은 만족감이다.
만족이란 남과 비교해서 얻는 것이 아니라 나의 순수한
자족에서 오는 것이다. 자족이란 있는 그대로
생명이 숨쉬고 있는 지금에 감사하는 마음이다.
허나 살다보면 옆에서 가만히 두지 않는다고 생각한다.
동창과 재력을 비교하고, 친구와 성적을 비교하고,
그러다가 모자라는 부분에 집착해 열등감을 키운다.

그 열등감이 콤플렉스다. 이게 잠깐이면 오히려 모자라는
부분을 채우려는 노력으로 승화시킬 수 있으나,
남의 큰 것에 나의 작의 것을 비교하면 돌이킬 수 없는
수준에 도달하게 된다. 인생이 뒤죽박죽이 된다.
그래서 자존감과 열등감의 균형은 비교에서 벗어나,
내가 할 수 있는 것, 더 잘할 수 있는 것에 집중하고
생활에 활력을 불어넣어야 갖출 수 있다.
친구가 재벌이든 대통령이든 그의 장점이자 유능함이지
나와 비교할 대상은 아니라는 것이다.
내가 할 수 있는 것에 만족하는 마음이 필요하다.
지구 위 60억 인구에 60억 개의 개성이 있다는 사실을

먼저 인정해야 문제가 풀린다.

물론 눈이 두 개, 입이 한 개, 심장은 한 개,
공통점이 많아 모두 인간이라 한다. 하지만 특성이
모두 다른 60억 명의 주인이 지구에 존재하고 있다.
비교는 자유나 평등의 개성을 존중하는 데 참고되지만
나의 절대계, 행복관은 내 본연의 것이다.

그래서 열등감, 콤플렉스는 잘못된 마음 상태라는 걸
알아야 한다. 만약 현재 우울증이나 공포증의 상태에
있더라도 그건 인생의 과정이지 절대 결과가 아니다.
혹은 삶의 무게가 죽음보다 무거워 죽고 싶은 때라도,
최고의 성숙 과정인 허무와 열등감을 해결하는 단계를
거친 다음, 가장 값진 삶에 이른다는 믿음을 가져야 한다.

우상이 있는가

목표를 달성하기 위해 간혹 우상을 등장시킨다.
언제 어떤 이가 무엇을 해서 성공했다고 할 때,
그 어떤 이가 롤모델이 된다.
종교에서 말하는 우상과 다른 인간을 표본으로 해
닮아가려는 목표를 이르는 말이다.
어려서 위인전을 읽고 그 위인을 우상으로 삼아 노력 끝에
훌륭한 사람으로 성장한 예는 무수히 많다.

사실 종교도 마찬가지다. 한 성자를 닮아 가려는 노력이
신앙이라 해도 과언이 아니다.
누구든 한 번쯤은 우상이 있었으리라.
가수나 운동선수, 배우 등이 우상이 되기도 한다.
문제는 영화에서 멋있어 보이는 조폭이나 잘못된 우상을
따르면 문제아가 되기도 한다는 것이다.

많은 성공자들은 위인을 우상으로 삼았다.
우리 시대에는 우상적 존재가 많을 수밖에 없다.
다양한 직업과 수많은 종류의 스타가 우상의 대상이다.
프로골퍼 박세리를 우상으로 삼아 어린이들이 열심히 노력한

결과, 미국 LPGA에서 우리나라 선수가 10위권 내에
5명 이상 포진할 정도의 골프 강국으로 성장했다.
꿈의 대상을 우상화해서 이룬 좋은 예다.

누구든 젊은 날의 우상을 어디에 두느냐에 따라서
성공의 방향이 달라진다. 만약 꿈과 우상이 없는
젊은이가 있다면, 그는 성공과 거리가 멀다.
목표가 묘연한 삶을 살고 있기 때문.
젊은 그대들은 꿈과 이상이 있기에 재미있고 활기찬
삶을 살고 있는 것이다.
그래서 이웃이 보이고 보람도 느낄 수 있다.

노이로제 극복하기

현대에 이르러, 노이로제에 의한 병이 90%나 된단다.
믿을 만한 의학계의 보고다.
그런데 병이 나면 원인을 정신에서 찾지 않고
부위별 전문의만 찾고 있다. 정신의학의 할아버지 프로이트도
젊어서 노이로제를 극복하기 위해 정신분석학에
몰두했다고 한다. 나 또한 젊은 날 종교적 갈등으로
노이로제에 헤매다가 무도武道를 직업으로 택하면서
많은 고전의 가르침으로 차차 회복하였다.
길을 잃어 생긴 증상이다. 이럴 때 갈등이나
긴장에 머물면, 생체 리듬을 잃고 회의감에 빠진다.
만약 중년 이후라면 정말 어려운 증상으로 봐야 한다.
인생을 재조정해야 한다. 가치관에 문제가 있고,
진정한 친구 한 명이 제대로 없다고 봐야 한다.
다 내려놓고 베푸는 삶에 몰두하지 않으면 희망이
없다고 본다. 청춘 시절, 뜻 있는 삶에 충실해야 노년이
흔들리지 않는 법. 노후 준비로 보험이나 연금이 전부가
아니다. 지금 노이로제 상태에서 원인을 모른 채
남을 원망하며 사는 이가 많을 수 있다.
남을 원망하기 전에 진정한 나부터 챙겨야 한다.

인간의 불완전한 내면에

그리운 대상이 있다는 것은

감정이 살아 있다는 증거.

그대가 누군가 그리움의 대상이라면

그대는 멋진 인생을

살고 있다는 증거이다.

감정에 채널 맞추기

보통 물건이나 서비스를 제공하고 대가를 받는 것을
판매라고 한다. 현대는 산업시대, 정보시대를 넘어
지식시대에 와 있다. 의식주가 쉽게 해결되고
여유를 즐기는 시대이고 보니, 감정에 미치는
영향에 따라 값이 매겨진다는 얘기다.

예를 들면 '소녀시대'가 자기들끼리 신명나게 노는데
값을 지불하고 구경해야 한다. 더 잘 놀면 값이
상승한다. 어디 공연뿐이랴.
꼭 같은 천으로 옷을 만들었는데 디자인에 따라
값은 천차만별이다. 그 디자인이 감정을 움직여
값을 결정하는 것이다.

문학 작품이나 예술 작품도 마찬가지다.
결국 삶의 질을 감정에서 찾는다는 뜻이다.
사실 행불행도 감정의 소산이다. 철학, 과학, 종교도
감정의 안식과 기쁨 등을 목표로 만들어지고
탄생하게 되었다고 해도 과언이 아니다.

사랑, 상품, 예술도 감정을 다스려야 성공한 작품이라
할 수 있다. 결국 어떤 물건이나 서비스도 감정의
만족도에 따라 값이 매겨진다. 그래서 남의 감정을
헤아려 일하는 사람은 어떤 방면에서든 성공할
가능성이 매우 높은 시대인 것이다.

타인의 감정에 채널을 맞추는 것, 그것이 사랑이다.
사랑을 주고 대가를 바라지 않을 때 우리는 봉사라 한다.
결국 가슴이 따뜻하지 않으면 성공하기 어렵다는 말.
감성이 살아 있는 뜨거운 가슴이 행복과 성공의
열쇠인 시대가 되었다.

착한 관계의 기본과 예술

남자의 충성

사마천의 <사기>에 예양이란 사람이 나온다.

진나라 사람으로, 지백이란 군주의 부하로 극진한 대우와
인정을 받던 중, 지백이 전쟁터에서 조양자란 적장에게
죽고 만다. 조양자는 지백 처자까지 죽이며 멸문시켰다.
예양은 원수를 갚기 위해 조양자의 궁으로 몰래
숨어들었으나 오히려 조양자에게 잡히고 만다.
심문받던 예양이 자초지종을 말하자 조양자는 예양의
충성심을 높이 사 자신의 부하가 되기를 권했다.
그렇게 하겠노라 대답한 후 그의 갑옷을 만져보자고
청했다. 조양자는 충성스런 부하를 얻어 기뻐하며
갑옷을 벗어 선뜻 내준다. 예양은 즉시 칼을 빼
갑옷을 두 동강 내고는 "남자는 자기를 알아주는 이를
위해 죽고, 여자는 자기를 예쁘게 봐주는 사람을 위해
화장한다. 원수를 죽이진 못했어도 그 갑옷을 베었으니
저승에서 주군을 볼 면목이 생겼다"며 스스로 목숨을
끊었다. 한 주인을 모시는 것이 그 시대의 충성이었고,
여자 운운한 것은 소인배로 보면 될 것 같다.
신의가 헌신짝처럼 대접받는 요즘 세태에 이런 얘기를
젊은 그대에게 꼭 해주고 싶다.

사람을 잃지 않는 법

춘추시대 초나라 최고의 명군인 장왕은 대인배적인
성품으로도 유명했다. 장왕이 전투에서 승리를 거두고
신하를 모아 성대한 연회를 열었다. 연회가 한창
무르익을 무렵 바람이 불어 등불이 다 꺼져버렸다.
그때 한 부하가 장왕의 후궁에게 몰래 입맞춤했다.
후궁은 즉시 부하의 갓끈을 뜯어 들고 왕에게 간언했다.
"누군가 저를 희롱했습니다. 그자의 갓끈을 뜯어
표시했으니 등불을 켜고 갓끈 없는 자를 잡아주세요!"
그러나 장왕은 등불을 켜기는커녕 다들 격식 차리지 말고
편하게 놀자며 모두 갓을 벗게 했다.
덕분에 후궁을 희롱한 장수는 위기를 면하게 되었다.
3년 후, 진나라와의 전투에서 초나라가 불리하게 되었을 때
한 장수가 결사대를 조직해 사생결단으로 적진을 치고
들어가 전세를 뒤엎었다. 마침내 초나라가 승리했다.
왕이 용감한 장수를 치하하니, 그는 3년 전 후궁을
희롱한 자가 자신이라며 오히려 용서를 빌었다. 장왕은 부하를
잃지 않기 위해 그의 잘못을 밝히고 싶지 않았던 것.
친구든 부하든 상대의 결점을 남 앞에서 드러내는 것은
사람을 잃는 행위라는 역사의 교훈이다.

착한 관계의 기본과 예술

<탈무드>식 인맥 관리

유대인 지도자들의 깨우침이다.

1. 지금 힘없는 사람이라고 우습게 보지 마라.
2. 평소에 잘해라. 평소 쌓아둔 공덕은 위기 때 빛을 발한다.
3. 내 밥값은 내가 내고, 남의 밥값도 내가 내라. 기본적으로 자기 밥값은 자기가 내는 것, 남이 내주는 것을 당연하게 생각하지 마라.
4. 고마우면 고맙다고, 미안하면 미안하다고 큰소리로 말하라. 입은 말하라고 있는 것이다. 마음으로만 고맙다고 생각하는 것은 인사가 아니다.
5. 남을 도와줄 때는 화끈하게 도와줘라. 처음에 도와주다가 나중에 흐지부지하거나 조건을 달지 마라. 괜히 품만 팔고 욕만 잔뜩 먹는다.
6. 남의 험담은 하지 마라. 그럴 시간에 팔굽혀펴기나 하라.
7. 회사 바깥사람도 많이 사귀어라. 회사 내에서만 놀면 우물 안 개구리가 되고, 회사가 너를 버릴 경우 고아가 된다.
8. 불필요한 논쟁을 하지 마라. 회사는 학교가 아니다.
9. 회사 돈 함부로 쓰지 마라. 모두 보고 있다. 네가 잘 나갈 때는 그냥 두지만 결정적 순간에는 그 이유로 잘린다.

10. 남의 기획을 비판하기 전에 네가 쓴 기획서를 먼저 떠올려 보라.

11. 가능한 한 옷을 잘 입어라. 외모는 생각보다 훨씬 중요하다. 할인점에서 10벌 살 돈으로 좋은 옷 1벌을 사 입어라.

12. 조의금은 많이 내라. 부모를 잃은 사람은 세상에서 가장 가엾은 사람이다. 사람이 슬프면 조그만 일에도 예민해진다. 나중에 다 돌아온다.

13. 수입의 1% 이상은 기부하라. 마음이 넉넉해지면 얼굴이 피어난다.

14. 수위 아저씨, 미화원 아줌마에게 잘하라. 정보의 발원지, 소문의 근원일 뿐 아니라, 네 부모의 다른 모습이다.

15. 옛 친구들을 잘 챙겨라. 새로운 네트워크를 만드느라고 지금 가지고 있는 최고의 재산을 소홀히 하지 마라.

(중략)

100. 그리고 남의 엉덩이 함부로 만지지 마라.

우리의 현실과 맞아 오늘 아침 그대에게 보낸다.
충심으로 그대가 지도자로 성장하길 바라는 마음으로……

노자의 황홀경

일본의 한 저술가는 <노자의 변명>에서 이렇게 말한다.
"노자의 <도덕경>은 도덕에 관한 책이 아니며,
예의범절에 관한 책도 아니다. 바로 인간의 성행위와
성인식에 대해 비의적秘義的으로 표현한 책이다.
인생에서 성의 의미와 역할을 일깨워주는 책이다."

노자의 <도덕경>은 이렇게 시작한다.
"도道를 도라고 할 수 있는 것은 영원한 도가 아니며,
이름을 이름이라 할 수 있는 것은 영원한 이름이 아니다.
이름이 없는 것은 천지의 시작이고,
이름이 있는 것은 만물의 어머니이다."

<도덕경>은 또 이렇게 계속된다.
"천지가 만들어지기 전에 혼돈의 암흑 같은 세계가
황홀의 경지였다."

음양이 하나 되었을 때를 얘기하고 있다. 천지가 창조되며
만물이 음양으로 나누어진 것이다. 음양이 변화하며
합쳐지는 경지가 황홀경인데, 그중 하나가 섹스라 하겠다.

섹스는 천지창조의 본질인 사랑을 내포하며 진실한 것,

인간이 만든 윤리나 도덕과 아무 관계가 없는 것이다.

그래서 우주의 본질을 깨닫는 것이 사랑이다.

노자는 남녀의 순수하고 아름다운 사랑性을 찬양한 것이다.

즉 사랑의 본질에 섹스가 중심이라는 것이 노자 사상이다.

<도덕경>은 도道와 덕德편으로 나뉘어 있는데

도道편은 우주창생 과정과 수신修身이고 남성적이다.

덕德편은 관계론이다. 만물의 상호관계, 인간관계를 말하는데,

여성적이다. 바로 사랑이 진리의 본질이라는 것을 설한다.

부드러운 것이 강한 것을 이기고, 참고 기다리는 자가 승리하며,

막히면 둘러서 가는 물 같은 순리를 사랑으로 본 것이다.

사랑은 부수고 깨뜨려 얻는 것이 아니요, 힘으로 억압하는 것이

아니요, 만 사람을 불편하게 하는 어떤 윤리도 아니다.

사랑은 우주의 본질, 인간의 본능을 내포한다.

바로 사랑의 황홀경을 얘기하고 있다.

예수의 사랑과 비교해도 의미가 변하지 않는 것을 볼 때,

깨친 자들은 모두 알고 있는 상식에 가까운 이치를

인간이 도라고 이름하고 있다.

'바보클럽'의 10대 가치관

1. 우주관
하느님이 있다 또는 없다 는 의식과 관계없이 우주원질이 있다. 나ego를 발전시키는 방법은 나의 것所有을 쌓는 것이 아니라 우주의 중심에 가까이 다가가는 것이다.

2. 국가관
남북과 동서로 나누어진 나라, 무엇으로 믿음 삼아 하나 되게 만들 것인가. 무엇보다 사랑과 자유의 풍토 조성이 가장 중요할 것이다.

3. 인생관
따지고 들어서 만족한 해답을 얻겠는가.
그저 허허실실虛虛實實, 밑져야 본전으로 사는 것이다.

4. 애정관
사랑은 갖는 것이 아니요, 주는 것 또한 아니다.
사랑은 꼭 하나, 너와 내가 없는 그냥 하나의 세계이다.

5. 우정관
우정은 맹목적일 수 없다. 우정이란 예리한 비판을 거쳐서 비로소 이루어지는 정신적 애정 세계이다.

6. 사명관
일은 최소한의 나 자신을 찾으며 인류에 봉사하는
최고의 축복이다.

7. 운명관
운명이라 핑계 삼는 것은 약자의 자기 합리화, 그렇지 않으면
비겁한 자의 도피변逃避辯.

8. 조직관
사상이 현실로 옮겨진 것이 조직. 그 힘은 믿음에서 나온다.

9. 행복관
행복이란 종이배를 만들어 물 위에 띄우듯 천진한 심성으로
또 세심한 적공으로 간신히 얻을 수 있는 보배로운 것.
따라서 횡재수를 노리는 사행심은 결코 용납되지 않는다.

10.생활관
영육간에 고민이 없는 너무 안일한 삶은 실은
매우 불행한 존재가 아닐까.

5

바보 리더십의 따스한 미덕

천재는 얼핏 바보처럼 보인다.

수재는 바보 소리를 듣기조차 싫어한다.

똑똑하게 보이기 위한 겉치장에도 능하다.

수재와 천재

성자는 알고 태어나며, 학자는 배워서 안다고 했다.
수재는 좌뇌가 발달하고 IQ가 높아 당대의 기억과
이해력이 우수한 능력자들이다.
천재는 600만년 동안 축적된 인류의 지혜, 즉 수많은
선조들의 우뇌를 물려받은 자라고 할까, 그들은
태생적으로 혹은 덕을 닦아 맑은 지혜를 지녔다.
글도 잘 읽지 못하는 바보가 특정한 분야에서
어느 누구보다 뛰어난 능력을 발휘하는 경우가 가끔 있다.
이것이 우뇌의 힘, 조상의 지혜를 빌린 좋은 예이다.

수재는 보통 영리한 자기 머리를 믿고 계산이 빠르다.
조직에서 자신에게 필요한 자에겐 과잉 친절을 베풀지만
힘없는 아랫사람은 함부로 대하기도 한다.
천재의 가장 큰 미덕은 천진하고 순수하다는 것.
계산에 앞서 혹시라도 누가 다칠세라 주위를 살피는
자세가 몸에 배어 있다.

종종 수재를 천재로 오해하는 수도 있다.
수재는 지도자형보다 참모형이 압도적으로 많다.

때로 지휘관보다 참모가 더 똑똑하게 보일 수 있다.
수재는 자료를 바탕으로 판단하고 천재는 직관으로 판단한다.
자료를 중심으로 판단하는 태도는 때로 근시안적이지만,
직관에는 멀리 볼 수 있는 혜안이 있다.
그래서 지휘관은 작은 일은 참모에게 맡기고,
본인은 정작 중요한 사안에만 관여한다.
"저 영리한 바보 참모들이 있기에 내가 대통령을 할 수 있다"던
존 F. 케네디 전 미국 대통령의 말이 떠오른다.

천재는 얼핏 바보처럼 보인다. 수재는 바보 소리를 듣기조차
싫어한다. 똑똑하게 보이기 위한 겉치장에도 능하다.
그러나 모두 그런 것은 아니다. 특별한 계기에
대오각성한 자들도 자주 본다.
이래서 바보클럽의 역할이 생겨난 것 아니겠는가.

바보 리더십의 따스한 미덕

영성지수

IQ, EQ는 익숙하지만, 영성지수는 많이 낯설 듯하다.
<의식 혁명>의 저자 미국의 데이비드 호킨스 박사는
20년 이상 무수한 실험과 관찰을 통해
인간의 태도와 감정을 주관하는 특정한 기준으로
17단계로 분류해 영성지수를 나타내는
의식 지도를 완성하였다.

최상위 17단계는 영성지수 1천, 완전한 깨달음의 경지.
석가, 예수, 힌두교의 신크리슈나 성자가 이 경지다.
공자, 노자, 소크라테스, 간디, 테레사 수녀 등은
영성지수 700 이상으로 보면 큰 착오가 없다고 한다.
의인의 영성지수는 16단계로 600~699 사이이며
이 수준에 이르면 '완전한 평화'의 상태가 된다고 한다.
보통 사람의 영성지수는 125~200 사이라고 한다.

그런데 한국 정치인의 평균이 100 정도라고 하니
놀라움을 감출 수 없다. 뇌물을 탐하고도 양심의 가책을
느끼지 못하면 영성지수가 100 이하, 애완견이 60 정도라니,
우리 지도층이 크게 변화해야 하겠다.

바보클럽 회원은 영성지수표를 책상 앞에 붙여놓고
매일 지수를 체크해보면 의식의 변화를 느낄 것이다.
바클은 지금도 사랑과 봉사로 영성지수를 높이는
자기성장의 수련을 계속하고 있다. 영성이 깨어야 잠시의
쾌락보다 마음의 평화와 안식을 추구할 것이다.
바클의 젊은 땀바들은 영성 수준이 제법 높은 걸로 안다.
꾸준히 활동하면 영성지수가 꽤 높은 여러 분야의
지도자로 성장하리라 믿어 마지않는다.
오늘은 아침 공기가 유난히 싱그럽다.

호킨스 박사의 영성지수표

신의 관점	세속의 관점	수준	단계	대수의 수치	감정	과정
자아	존재	깨달음	17	700-1000	언어 이전	순수의식
항상 존재하는	완전한	평화	16	600	축복	자각
하나	전부 갖춘	기쁨	15	540	고요함	거룩함
사랑	자비로운	사랑	14	500	존경	계시
현명함	의미 있는	이성	13	400	이해	추상
인정 많은	화목한	포용	12	350	용서	초월
감화 주는	희망에 찬	자발성	11	310	낙관	의향
능력이 있는	만족한	중용	10	250	신뢰	해방
용납하는	가능한	용기	9	200	궁정	힘을 주는
무관심한	요구가 많은	자존심	8	175	경멸	과장
복수에 찬	적대의	분노	7	150	미움	공격
부정하는	실망하는	욕망	6	125	갈망	구속
징벌의	무서운	두려움	5	100	근심	물러남
경멸의	비극의	슬픔	4	75	후회	낙담
비난하는	절망의	무기력	3	50	절망	포기
험한을 품음	사악한	죄의식	2	30	비난	파괴
멸시하는	비참한	수치심	1	20	굴욕	제거

바보 리더십의 따스한 미덕

위대한 영혼, 간디

보통 마하트마 간디Gandhi(1869~1948)로 불린다.
인도에서 태어난 힌두교도로 이슬람과 융화를 위한 활동도
적극 펼쳤고, 비폭력, 무저항주의로 독립운동에 헌신,
마침내 영국으로부터 독립을 쟁취한 위대한 영혼이다.
인도 소공국 포르반다르 총리의 셋째 아들로 태어나
18세에 영국 런던에 유학, 변호사가 되었다.
인도 특유의 카스트 제도에 따르면 상인계급에 속한다.
영국의 식민지 시절(1859~1948), 무료로 변론하는
법률가를 거쳐 40세부터 정치인으로 활동한다.
독립운동의 힘은 진리 추구Satya Graha에서 나온다는
신념으로 비폭력, 불복종, 무저항주의를 택한다.
먼저 국내의 카스트 계급 타파와 남녀평등을 주장하며
인권운동에도 크게 힘썼다.

그는 깡마른 몸으로 인도의 수억 인구에게 고한다.
"비폭력이란 악을 행하는 인간의 의지에 순순히
복종하는 것이 아니라, 폭력을 쓰는 자의 의지에
대하여 혼과 영, 전부를 내던지는 것이다."
총칼이 아니라 온 국민의 자립정신에 호소하며, 오두막에서

손수 물레를 잣는 모범을 보이며 독립 의지를 심는다.
당시 해가 지지 않는 나라 대영제국이 간디의 영성에
인도를 포기하기에 이르렀을 때, 세기의 대과학자
아인슈타인은 간디의 75세 생일을 맞아 헌사를 바친다.
"아마도 후세 사람들은 이런 위대한 인물이
인간의 육신을 입고 이 세상을 걸어 다녔다는 사실을
좀처럼 믿으려 하지 않을 것이다."
한 사람의 고결한 영성이 수억의 국민에게 자유를 안긴 것은
물론 온 인류의 영원한 빛으로 남았다.

바클의 모든 활동이 영성을 키우는 일에 관심이 크기에
오늘 간디의 혼을 다루어보았다.
다음 그룹 미팅에서는 간디의 영성에 대한 주제로
토론하면 좋겠다.

거듭난다는 것

역할을 찾았다는 것.
사명이 눈앞에 보인다는 것.
소명의식으로 살아가고 있다는 것.
어떻게 말하든 자기 안에 빛이 들어왔다는 뜻이다.
이전의 삶과 인생의 질이 완전 달라진 새 길을 찾은 것!

같은 집에 살거나 늘 함께 일하고 다니는 사이여도
깨치지 않은 자는 도저히 알 수 없는 새 세상이 존재한다.
그래서 우리에겐 살아 있는 한 기회가 있는 법이다.

이 순간 참으로 소중한 삶을 살고 있는 거다.
가슴 벅찬 이 삶을 매순간 축복해도 부족할 지경이다.
한참 방황하고 먼길을 돌아와도 이 귀중한 순간을
맛볼 수만 있다면, 태어난 보람이 있는 것이다.

이 편지를 쓰는 나는 그 아름다운 세상에 살고 있을까.
결론은 '아니'입니다.
왜 그런가 하니, 이 멋진 세계는 욕심이 조금만 끼어도
한순간에 휙 사라지는 기쁨이기 때문이다.

이 기쁨을 놓치기 싫어, 날마다 바보클럽과 함께한다.
이는 우리가 평생 바보로 살아야 하는 이유이기도 하다.

먼저 세상을 산 위인들의 공통점은 죽는 날까지
천진과 순수를 잃지 않았다는 사실이다.
우리도 함께 이 멋진 길을 가보자!
머잖아 아름다운 피안의 언덕에서 만날 날이 올 것 같다.

바클의 '땀 흘리는 바보 봉사단'은 이미 깨어서 온 자,
혹은 깨치고자 노력하는 자가 함께 어우러져 활동하고 있다.
각자 어느 쪽이든 나의 멋진 왕국이 존재한다는 사실을
믿는 자들의 모임임에 틀림없다.
주요 활동인 천진하고 순수한 마인드 공유하기, 이웃에 봉사하기
등은 영성지수를 크게 높이는 대표적인 활동이다.

박정희와 정주영

의사결정을 할 때 보통 충분한 자료와 조사 결과를
바탕으로 목표와 일정을 정하고 프로젝트를 진행한다.
지난 편지에서 수재는 자료를 바탕으로 판단하고,
천재는 예지력이 있어 직관Insight에 따라 판단한다고 썼다.
오늘은 발상의 전환에 대해 얘기하고자 한다.

현대그룹 고 정주영 회장의 직관력을 소개한다.
1970년대 초, 박정희 대통령이 오일쇼크로 세계 경제가
불황에 허덕일 때, 산유국 중동에서 진행 중인 건설 붐에
우리가 참여할 만한지 관계 부처에 조사 명령을 내렸다.
현지조사 보고는 이랬다. 중동은 한낮 기온이 섭씨 40도가
넘고 물이 귀하니, 참여하기에 여건이 너무 나쁘다는
결론이었다. 고민 끝에 박정희 대통령은 정주영 회장을
급히 불러 중동 시장을 조사토록 했다.
정 회장은 중동을 둘러보고 즉시 보고한다.
내용은 정부부처 보고와 정반대였다. 중동에서 뜨거운
낮에는 건설인력이 잠을 자고 시원한 밤에 일하면 좋다.
모래와 자갈이 주변에 지천으로 널려 있으니
물만 실어 오면 된다는 희망적인 보고였다.

대통령은 정 회장에게 모든 지원을 약속하고 중동 건설에
뛰어들 것을 명령한다. 결과가 대성공이었다는 사실은
역사가 증명하고 있다.

정 회장의 직관이 적중한 것. 이것이 발상의 전환이다.
고정관념에 매이면 발상의 전환이 쉽지 않다.
직관력은 예지에서 나온다고 한다. 모든 일을 긍정적으로,
힘든 일에도 길이 있다는 신념이 발상의 전환을 가져온다.
'하면 된다'는 신념이 세계가 놀란 한강의 기적을
우리에게 선물하지 않았던가.
박 대통령의 '하면 된다'는 통치철학과 직관이 좋은 정 회장의
추진력이 맞아떨어진 결과다. 지금 우리나라는 1970년대와
다른 호조건이 많다. 어느 곳을 가더라도 발상의 전환이
필요한 곳은 항상 있다. 핵심은 신념과 추진력을 갖춘 의지.
막연한 기대에 빠져 있을 때는 결코 기회가 오지 않는다.
젊은 바클 회원에게 부탁하노니, 지금 그대가 있는 그곳이
바로 기회의 땅이다. 천진하고 순수한 가슴으로
받아주길 바란다. 그대가 어느 누구보다 예지력이
뛰어나다는 사실을 잘 알기 때문이다.

좋은 얼굴 만들기

얼이란 순수한 우리말로 정신을 뜻한다.
굴은 무엇이 만들어진 모양새다.
종합하면, 정신이 만들어낸 모양, 이것이 바로 얼굴이다.
사전은 눈, 코, 입이 있는 머리의 앞면을 얼굴이라 설명한다.
얼굴! 뜻이 있는 참 아름다운 우리말이다.

본래 얼굴은 타고나지만, 사는 동안 마음 씀씀이가 얼굴을
새로 만들어 간다는 얘기다. 그래서 관상학이 나왔나보다.
사주는 속여도 관상은 못 속인다는 옛말도 있다.
각자 지문이 다르듯 얼굴도 모두 제각각이다.
또 얼굴은 시시각각 계속 바뀌고 있다. 개인의 정신활동이
지속적으로 반영되기에 그렇다고 본다.

관상학에 따르면, 골상은 타고나지만 색상은 마음 쓰기에 따라
계속 바뀐다고 한다. 결국 호감 가는 좋은 얼굴을 가지려면,
성형이나 화장보다 마음의 평화와 여유, 천진과 순수 등
정신계의 작용에 지속적으로 노력해야 되겠다.
타고난 나의 얼굴은 남과의 구별을 가능하게 해주지만
살면서 직접 만든 얼굴은 운명을 바꿔가리라 믿는다.

인생 학교

세계적 베스트셀러 작가 알랭 드 보통Alain de Botton이
2013 서울디지털포럼에서 기조연설 후 가진 기자회견의
내용을 보고 느낀 점이다.
'내일을 위한 솔루션'이란 연설 제목이 눈에 번쩍 띄었다.
2008년 런던에 '인생 학교The school of life'라는 어른을 위한
시민학교를 세우고, 사랑, 일, 돈, 인간관계, 고독, 죽음 등
삶을 가르치는 글로벌 프로젝트를 시작했단다.
종교가 없는 무신론자에게 영혼의 실존을 가르치고
도덕성, 봉사, 희망, 공감, 지혜 등의 참의미를 일깨우고
있단다. 그리고 같은 제목의 책을 출판해 전 세계에서
읽히고 있으며, 주로 SNS로 소통하고, 한국인도 30만 명
정도가 참여 중이란다.
참 다행이라는 마음이다. 바보클럽이 지향하는 가치와
인생 학교의 설립 의도가 일맥상통하고 있기 때문이다.
SNS로 소통하고, 하늘의 뜻을 좇는 것에 초점을 맞춘 점,
책 출판을 계기로 인생 학교를 만든 것 등등이
우리 바보클럽과 매우 비슷하다.
다른 점이라면, 바클은 아는 바를 실행하고자 힘쓰는 것,
차세대 인재육성에 노력한다는 것 정도이다.

친구를 끌어당기는 의로움

세상에서 가장 힘이 되는 재산은 의로움이다.
아무리 머리가 좋고 재산이 많다고 해도 의롭지 않으면
진정한 동반자가 생기지 않는 법이다.
의로움은 마주치는 이의 가슴에 나를 기억하게 한다.
그것도 힘들지 않게 말이다. 만약 의롭지 않으면서 인정받으려면
얼마나 큰 힘이 드는지 모른다.
의로우면 인생의 순간순간 협력자를 만들고 있는
것이나 다를 바 없다.
나 하나도 먹고살기 힘든 세상에 의로움 같은 것은
안중에 없다는 사고방식은 삶을 더 어렵게 만든다.
의로움이 의로운 사람을 내게 끌어당기기 때문이다.
의로움은 의기義氣에서 나온다. 의기가 없으면 누구와도
의기투합할 수 없다. 평생 단 한 명의 진정한
친구도 사귈 수 없을 터.
그것을 모르고 인덕이 없다고 신세타령을 해봐도
별도리가 없다. 의기란 바로 정의감에 연결되고
친구를 모이게 하는 힘인 것이다.
귀인은 행운으로 만나는 것이 아니라 내가 불러들이는
거다. 그 의로움으로 나도 모르게…….

물질을 탐하는 것보다

천당을 집요하게

욕심내는 것이

사실 더 큰 죄다.

용기와 바보

겁 없이 목숨을 거는 것 정도를 용기라 생각하기 쉽다.
허나 진정한 용기란 의기를 뜻한다.
아무데서나 겁 없이 설치는 태도와 거리가 멀다.
용기는 의로운 자에게 길을 내주고, 신념에 확신을 갖는
모든 경우에 의로움이 꼭 필요한 자신감으로 고무한다.
참된 일을 성취하는 단계에서는 방해물의 제거에
시간을 반드시 맞추고, 필히 해야 할 일에 신명身命을
바치는 자세를 용기라고 보면 착오가 없을 듯하다.

아무 의미 없는 곳에 이판사판으로 끼어들어
호기를 부리는 행동은 용기와 전혀 관계없다.
진짜 용기는 자존심 죽여야 할 때를 분명히 안다.
한 사람이 희생하면 전체가 살아날 수 있는 경우,
확고한 자기신념이 있다면 용단을 내리는 일이
가능할 것이다.

용기! 참 멋있는 말이다.
진정 용기 있는 자는 아무데서나 나서지 않는다.
만용蠻勇을 용기로 알면 인생이 엉뚱한 길로 들어선다.

내게 주어진 소명이 있을 때, 내가 아니면 안 될 때,
그때 참용기가 필요한 것이다.

그대에게 바보가 될 용기가 있는지 진지하게 묻는다.
나를 죽이고 바보로 취급받을 용기가 없다면, 때를
파악 못하거나 다른 곳에서 오기를 용기로 착각하면서
시간만 낭비하는 삶, 그냥 견디는 삶을 살게 될 터이다.

정직하고 천진하며 순수한 바보로 사는 일은
진정한 용기가 없으면 불가능할 뿐만 아니라
어디에도 꺼둘리지 않는 알곡 같은 삶이란 걸 알기까지
오랜 인생 경험이 필요하더이다.

바보 리더십의 따스한 미덕

최 부자 가문의 육훈

경주 최 부자 가문은 12대 300년 이상을 거치는 동안
만석꾼의 부를 유지한 것으로 유명하다.
"3대 부자 없고 3대 거지 없다"는 말이 무색할 지경으로
대를 이어 노블레스 오블리주를 실천해온 때문이다.

최 부자 가문 정신의 핵심인 육훈은 다음과 같다.
1. 과거를 보되 진사 이상의 벼슬은 하지 말라.
2. 만석 이상의 재산은 사회에 환원하라.
3. 흉년기에는 땅을 늘리지 말라.
4. 과객을 후하게 대접하라.
5. 주변 100리 안에 굶어 죽는 사람이 없게 하라.
6. 시집온 며느리는 3년간 무명옷을 입어라.

11대 손은 독립군을 물심양면으로 소리 없이 지원했고,
12대 손에 이르러 대구에 영남대학교를 세워 교육사업에
헌신했다. 대대로 6훈을 실천하며 가문을 지킨 것이다.
6·25 당시, 소규모 재산가도 인민재판에 세워져 죽임을
당하곤 했다. 최 부자 일가도 인민재판에 세워졌지만
이웃의 증언으로 무사할 수 있었다.

현재 유례없는 장기 불황에 일부 재벌이 별도 경매팀을
만들어 헐값에 나온 부동산을 열심히 사들인다고 한다.
이 모습만 보면, 이들이 3대를 갈 수 있을까 하는
기우가 든다.

고개를 세계로 돌려보아도, 경주 최 부자 집안처럼
오래도록 번성한 가문이 없다고 한다.
재산이 정신과 함께 머문다는 이치를 모르면,
돈으로 인해 오히려 멸문 당하는 역사와 현실을
욕심에 가려진 시야가 꿰뚫지 못하기 때문이리라.

하늘이 내려준 사명

내 역할을 하늘이 준 거라고 믿을 때 사명이 된다.
흔히 미션이라고 하는 사명을 알고서 사는 삶과
그저 편하면 행복인 줄 아는 삶은 확연히 다르다.
일상사부터 인생 여러 목표의 가치와 기준이 다르니
인간관계에서도 화제가 다르다.

하루하루 편안하게 살기 위한 이와의 대화는 그저 유머나
안부 수준인데 반해, 자신의 사명을 아는 사람과의
대화는 의기투합 그 자체다.
그러니 주위에 진정한 친구들로 가득하다.

그러나 세월을 그냥 재미나 소일로 보내는 이는
진정한 친구가 존재하기 참으로 어렵다. 특별한 가치를
공유할 만한 거리나 목표가 없기 때문이다.
취미나 직업이 같아 오래 친구로 지낸들 속을 알 수 없다.

그러나 사명과 목표를 주고받는 사이라면 문제가 달라진다.
서로 믿고 의지하는 정도가 하늘과 땅만큼이나 다르다.

그리고 삶도 기쁨과 보람이 벅찬 나날로 맞는다.
자신의 존재 이유를 알고서 사는 삶이기 때문이다.
'나'라는 생명이 얼마나 소중한지 존재 이유를 깨닫게
된 것이다.

여명이 터오는 지금 생명이 탄생하는 희망으로 다가온다.
지난 시간 어느 때도 없었고, 앞으로도 영원히 다시
오지 않을 오늘이 밝아오기 때문이다.

밖에서 들리는 새소리, 바람소리, 안개 속에 빛나는
푸른 동산 등 전부가 나를 위해 존재하는
그냥 그대로다.
애써 소유할 필요가 없이…….

천국 입장권 예매처

믿음은 태산도 움직인다는 말이 있다.
믿음이 없으면 우리는 한순간도 버틸 수 없다.
만약 지구가 내일 어떻게 될까를 걱정한다면
누구도 희망을 품거나 앞날을 계획하지 못할 것이다.
우리의 모든 행동 뒤에는 믿음이 존재한다.
자동차의 성능이나 자신의 운전 실력을 믿지 못하면
아예 운전이 불가능하다.

불신不信이 문제지만 맹신盲信 또한 문제다.
불신과 맹신은 욕심이라는 안경을 쓰고 있기 때문이다.
사이비 종교는 천당과 유토피아를 팔아 맹신케 한다.
부모형제를 불신하는 것도 욕심에서 비롯된다.
다단계 판매업체도 인간의 욕심을 부추겨 사람을 끌어오게 한다.
바꿔 말하면 욕심이 없는 이는 욕심을 부추기는 말이
귀에 들어올 리 만무하다는 얘기다.

종교가 천국 입장권을 파는 곳이 아니라 길 안내자여야
하는데, 천당과 지옥 이분법으로 욕심에 불을 붙인다.
천당이나 극락을 믿는 자체가 욕심이라는 거다.

특히 종교인이 신자의 헌금으로 신자보다 더 좋은 집과
자동차, 자녀 유학 등 세속적 영화를 누린다면,
벌써 종교 지도자로서 영적 자격을 잃은 거라고 생각한다.
봉사와 무소유가 안 되는 종교인 역시 마찬가지다.
맹신하게 되면 나의 재산을 다 바치고도 목자의 사치를
당연하게 여긴다. 그가 천당과 극락을 약속했던가?

천당과 지옥은 내 영혼이 깬 후 생각해도 늦지 않다.
그때는 욕심의 안경을 벗은 후일 테니까.
물질을 탐하는 것보다 천당을 집요하게 욕심내는 것이
사실 더 큰 죄다.
무지 또한 얼마나 큰 죄악인가.
제2차 세계대전 시절 유대인 600만 명을 학살하고도
죄의식 없는 나치의 수용소장과, 6·25 때 무자비하게
살생하고도 영웅처럼 날뛰던 완장 찬 공산당원들을 떠올리면
쉽게 이해될 것이다.

간디는 7대 사회악의 하나로 '희생 없는 신앙'을 꼽았다.

성자와 영웅 사이

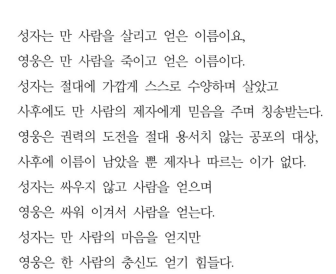

성자는 만 사람을 살리고 얻은 이름이요,
영웅은 만 사람을 죽이고 얻은 이름이다.
성자는 절대에 가깝게 스스로 수양하며 살았고
사후에도 만 사람의 제자에게 믿음을 주며 칭송받는다.
영웅은 권력의 도전을 절대 용서치 않는 공포의 대상,
사후에 이름이 남았을 뿐 제자나 따르는 이가 없다.
성자는 싸우지 않고 사람을 얻으며
영웅은 싸워 이겨서 사람을 얻는다.
성자는 만 사람의 마음을 얻지만
영웅은 한 사람의 충신도 얻기 힘들다.

만약 지도자의 꿈이 있다면,
성자형이 될 것인지, 영웅형이 될 것인지
한 번 진지하게 명상해보기 바란다.

성자의 고향은 왜?

성자가 고향에서 인정받지 못하는 까닭은 어린 시절
본능에 따랐던 행동이 보통 사람과 거의 같았기 때문이다.
같은 맥락으로 부모가 자식에게 인정받기 또한 힘들다.
생리작용을 한 울타리에서 함께하기에 신비함은 물론
더 나은 모습도 굳이 없었기 때문이다.
그래서 부모의 삶이 전혀 경이롭지 않다는 얘기다.
허나 마음을 깨우친 자는 평범한 일상이 존경 대상이다.
그 일상이 인류애와 가족애로 확장된다. 존경이 만인의
공감을 얻을 때, 그를 칭송해 성자 또는 성현이라 한다.
오랜 세월 그를 따르는 이들이 계속 많을 때,
사후에 제자들이 종교화하기도 한다. 욕심을 부리는 제자는
그의 말씀을 팔아 자신에 이용하기도 한다.
그래서 성철 스님이 "부처의 말씀을 팔아먹고 살지 말라"고
일갈하셨던 것 아닌가 싶다. 그분의 고향은 경남 산청인데,
관광업을 위해 자치 단체에서 그의 생가를 복원할 정도다.
아무튼 고향과 인물은 정겨우면 그만이지,
애써 존경받는 인물을 필요로 하지는 않는 것 같다.
예수는 유대인인데, 정작 유대인들은 예수를 메시아로
인정하지 않는다는 사실이 여전히 놀라울 따름이다.

바보 리더십의 따스한 미덕

간디의 오두막

인도는 힌두교 나라로 누구나 고행으로 득도하면 성자가
될 수 있다고 믿는다. 40세 정도면 가정을 뒤로 하고
득도를 목표로 출가하는 것이 관습으로 내려왔다.
불교에서 세존으로 모시는 석가도 인도에서는 힌두교의
한 보살로 통할 뿐이다.

우리나라도 조선조까지 유교 경전인 사서삼경을 깨치면
과거를 봐서 출사했다. 즉 도덕정치를 편 것이다.
유교 경전이 정치의 법전인 셈이었다.
그러니 자연과학이 뒤떨어질 수밖에 없었다.

인도 역시 마찬가지였다. 문명이 발달할 여지가 부족한
사회구조였다. 그런 고요한 나라에 영국의 바이킹
후예들이 침입해 식민지로 만들었다.
우리는 일제에 대항, 총칼로 무장한 독립군이 활동했지만,
인도의 지도자 간디는 개인의 자립정신에 호소하며
비폭력, 무저항주의로 독립운동을 이끌었다. 오두막에서
스스로 물레를 자으며 경제와 정신의 자립을 도모했다.

영국은 인도인이 간디를 따르고 지지하는 흐름을 막으려
애를 썼지만, 간디가 그들에게 미치는 영향이 워낙 막강해
식민지 지배를 포기할 수밖에 없었다.

간디는 총칼보다 무서운 게 자립정신임을 간파한 것이다.
고행으로 득도를 이룬 것은 아니지만, 인류는 살신성인한
간디를 더 큰 성자로 받들고 있다. 한 인간의 고결한
영성이 수억 명에게 자유와 평화를 안겨주고, 공동체
전체가 좀더 나은 방향으로 진화하게 이끈 것이다.

바보클럽의 봉사나 이웃 사랑 또한 곧 인류애로 성장해
거듭날 것임을 여러분이 알고 있어야 하겠다.
오늘은 아침부터 참 좋은 기운이 돈다. 우리 바클에서
간디만 한 영성의 소유자가 나올 수 있다는 예감이 스쳐온다.

바보 리더십의 따스한 미덕

뜻을 세우는 이유

뜻을 세워야 하는 이유를 잘 설명한 김효영 선생의
<간디의 오두막집>을 요약해본다.

"첫째, 삶의 에너지가 뜻에서 나오기 때문이다,
둘째, 뜻이 있는 곳에 길이 있기 때문이다.
인간의 마음은 시동 걸기 전의 자동차와 같다.
인간은 자신의 자동차 시동을 걸기 위해 키를 꽂는다.
그 키가 뜻이다. 인간의 마음에 시동을 거는 것이 뜻이란
말이다. '뜻이 있는 곳에 길이 있다'는 말은 금언을 담은
책의 내용을 메우기 위해 존재하는 말이 아니다.
이 말의 진의를 알려면 잠재의식의 존재를 알아야 하고
그 힘을 믿어야 한다. 잠재의식은 사람이 소망하는 바를
빠짐없이 청취하고 기록해둔다. 그리고 그중 가장
강력하게 소망하는 것이 이루어지도록 길을 제공한다.
이에 '뜻이 있는 곳에 길이 있다'고 하는 것이다."

뜻이란 마음을 내는 것, 목표를 세우는 것! 이것만 해도
삶은 방향을 잡는다. 그리고 실천할 용기를 얻는다.
항구 없는 항해는 뜬구름 같다. 목표가 바로 목적지 항구.

그래서 뜻에 의지가 더해지면 상상을 초월한 힘이
나온다는 거다.
어떤 이는 매일 놀아도 힘들고, 또 누구는 매일 열심히
일해도 힘들지 않는 것은 분명한 뜻, 즉 목표가
있어 지칠 줄 모르기 때문이다.
뜻이 바르면 하늘이 천기를 보태준다고 한다.
이 원리를 아는 자만이 성공을 맛볼 수 있는 법!
공자가 30세에 세웠다는 뜻이 바로 이것이다.

만약 뜻이 없었다면, 이 명상편지도 띄울 힘이 없었을 터.
"뜻을 세웠더니, 저 대신 하늘이 글을 써주시더라"는
말이 맞는 듯하다.

바보 리더십의 따스한 미덕

남북통일과 김구 선생

일제 식민지 시절을 얘기하면 백범 김구 선생을 떠올릴
수밖에 없다. 윤봉길, 안중근 의사도 김구 선생의
명령에 따라 조국광복을 위해 소중한 목숨을 바쳤다.
김구 선생의 소원은 첫째도 독립이요, 둘째도 독립이요,
셋째도 독립이었다. 바로 자주독립이었다.

해방 이후에는 신탁통치를 반대하는 선봉장이었다.
미국과 소련을 비롯한 강대국은 자국의 편리에 따라
신탁통치를 들고 나왔는데, 한민족을 미성숙한 국민으로
치부한 치욕이었다. 김구 선생은 강대국의 속셈을 알고
있었기에 한사코 신탁통치를 반대했다.
또 좌우익이 극심하게 대립하던 그때, 그는 이념을 초월해
하나의 나라, 하나의 정부를 위해 남북을 오르내렸다.
오로지 자주통일된 하나의 국가를 도모하다 남한 단독정부
옹호자들에 의해 서거하셨다. 우리의 불운한 역사다.

이제 우리에게 통일이 무엇보다 중요한 과제여야 한다.
지형적으로 보나 인구수로 보나, 힘 있는 나라가 되기 위해
통일이 절대적으로 유리하다. '통일은 대박'인 것이다.

제일 중요한 이득은 한반도가 대륙으로 바로 이어진다는 점.
국력 신장도 지금보다 한층 더 가속도가 붙을 것이다.
남북이 현재 군사비에 들이는 비용만큼만 투자해도
북한의 재건은 빠른 시일 안에 이뤄질 것이요,
통일기금을 아무리 많이 부담하더라도 통일의 성과에
비하면 엄청 싼 투자가 될 터이다.

우리 모두 초심으로 돌아가 백범 선생의 의로운 외침을
진지하게 생각해볼 시점이다.

공자의 정치 덕목

제자 자장이 공자께 물었다.

어떻게 하면 능히 정치를 할 수 있겠습니까?

공자께서 말씀하셨다.

5가지의 아름다움을 숭상하고

4가지의 악을 물리치면 능히 정치를 할 수 있느니라.

자장이 다시 물었다.

5가지의 아름다움은 무엇입니까?

공자께서 말씀하셨다.

1. 군자는 은혜를 손상시키지 않고,

2. 힘씀으로써 원망을 사지 않고,

3. 바라되 탐내지는 않고,

4. 통이 크되 교만하지는 않고,

5. 위엄이 있되 사납지는 않은 법이다.

자장이 말했다.

4가지의 악은 무엇입니까?

공자께서 말씀하셨다.

1. 가르치지 않고 죽이는 것을 혹독함이라 하고,

2. 경계하지 않고 결과만 보는 것을 난폭함이라 하고,

3. 자기 마음대로 규칙을 정하는 걸 역적이라 하고,

4. 출납에 있어 지나치게 인색한 것을 탐관오리라 한다.

세금을 복지에 쓰지 않고, 자기 사유화한다는 뜻이다.

공자의 5가지 아름다움은

꼭 알고 실천해볼 만한 마음가짐이다.

2000년 전 성자의 직관력이 현대 정치학자의

오랜 연구 결과와 다르지 않는 것이 놀라울 뿐이다.

바보 리더십의 따스한 미덕

일본 마쓰시타 정경숙

일본에서 경영의 신으로 통하는 파나소닉의 창업자
마쓰시타 고노스케(1894~1989)가 1979년 가나가와현에 세운
마쓰시타 정경숙松下政經塾이 2011년 첫 총리를 배출했다.
노다 요시히코 전 총리가 바로 이곳의 1기 출신이다.
노다 총리 외에도 마에하라 세이지 전 외상(8기) 등
민주당 28명, 자민당 10명이 일본 의원으로 활약 중이다.

이곳은 요시다 쇼인이 세운 사숙私塾으로 일본 유신의
시작인 쇼카손주쿠를 본뜬 미래 지도자 양성기관이다.
현 총리 아베 신조는 요시다 쇼인을 가장 존경하는 인물로
꼽았으며, 자신의 내각에 이곳 출신 다수를 임명했다.
마쓰시타 정경숙 출신은 대체로 우파적 성향을 보이지만
절대적이지는 않다. 하지만 쇼카손주쿠의 그림자가 드리워
있지 않을까 하는 우려를 금할 수 없음도 사실이다.

4년의 수련 과정에서 인성교육을 실시하지만 영성교육은
좀 부실하게 이뤄지는 느낌이다. 소수 엘리트 양성기관으로
현실적인 정치교육에 치중함으로써 봉사 같은 폭넓은
사회 경험을 섭렵하는 과정이 좀 미미해 보인다.

지도자라면 국가를 이끌 만한 리더십도 중요하지만
인류애를 바탕으로 한 영성 공부가 우선이라고 본다.

지금 일본의 정치 지도자들이 극우적 성향을 강박적으로
보이는 데에는 부동산 거품으로 은행 부실이 드러난 지
20여 년이 지났지만 여전히 미결상태이기 때문이다.
'잃어버린 20년'이라 부를 만큼 그간 일본의 경제상황은
매우 어려웠다. 국민의 불만을 극우 보수적으로 돌파해
민심을 얻으려는 자들의 중심에 정경숙 출신이 포진해 있다.
창시자 마쓰시타의 이념에서 거리가 한참 멀어진 것이다.
현재 정경숙에 지원자가 적은 것도 이곳 출신들이
강경 노선을 걷고 있는 자세와 무관하지 않을 것이다.

이런 움직임과는 별개로,
창시자 마쓰시타의 깊은 뜻은 기업가라면 본받아야 할
존경스런 자아실현의 모습이다.

장군의 리더십

중국의 사마천이 쓴 <사기>에 나오는 기록이다.
병법가 오기吳起가 위나라 장군이 된 후 중산국中山國을
공격하는데, 악성 종기로 괴로워하는 병사가 있었다.
오기는 무릎을 꿇고 입으로 종기를 빨아 고름을 빼주었다.
병사의 어머니는 이 소식을 전해 듣고 서럽게 울었다.
이웃 사람이 이상하게 여겨 물었다.
"아니, 장군께서 일개 병사인 아드님의 종기를 치료하기
위해 그렇게 수고하셨다는데, 왜 우는 것입니까?"
병사의 어머니가 대답했다.
"오 장군이 저애 아버지의 종기도 입으로 빨아주었어요.
감동한 남편이 싸움터에 나가 장군님의 은혜를 갚는다고
용감하게 싸우다가 전사했답니다. 아들도 그렇게 죽을
것이 뻔하지 않습니까. 그래서 몹시 슬프답니다."
오기 장군은 수백 차례의 싸움에서 승리를 거둘 만큼
리더십이 뛰어난 장군으로 역사는 기록하고 있다.

이 고사는 정치, 행정, 경영 분야에서 지금도 인용되고 있다.
지도자는 부하가 해이하지 않게 이끌어야 하지만,
내 몸처럼 아껴야 충성을 다한다는 가르침을 준다.

뜻이 바르면 하늘이 천기를

보태준다고 한다.

이 원리를 아는 자만이

성공을 맛볼 수 있는 법!

지금은 참모 시대

어떤 이는 사업한다고 하며, 또 누구는 장사한다고 말한다.
모두 올바른 표현이다.
그러나 사업 규모가 아무리 크더라도 믿는 참모가 없어서
혼자 모든 의사결정을 내리고 동분서주한다면,
그를 장사꾼으로 봐야 한다.
사업가는 업무를 구체화하고 대리화하여 대부분 참모에게
의사 결정권을 주고, 큰 사안만 자신이 직접 챙긴다.

문제는 참모다. 군 조직에서는 참모를 셋으로 구분한다.
정보, 작전, 경영이 그 기본인데, 기업에서도 활용할 수 있다.
기본적인 이 세 분야의 참모 없이 홀로 사업을 확장하거나
조직을 키우면 언젠가 업무에 지쳐버리고 만다.
문을 닫거나 건강을 잃을 날이 다가오고 있는 것이다.

제2차 세계대전 후 일본의 군부, 특히 장교와 장성들이
길을 잃었을 때 일본 상사들은 정보 장교 출신은
정보 참모로, 작전 장교 출신은 작전 참모로,
경영 장교 출신은 경영 참모로 재빠르게 영입하였다.
군문에서 기업으로의 인력 수급이 매끄러웠기에

일본 경제는 폐허에서 단기간에 일어났다.

그래서 아무리 큰 조직일지라도 믿을 만한
3명의 참모만 있으면 경영이 가능한 것이다.
삼성이 세계적 기업으로 승승장구하는 것도
참모 시대를 연 결과로 볼 수 있다.
일본은 패전 후의 그 뛰어난 참모 시대가 지나갔기에
오랜 기간 장기 불황을 맞았다.

1명도 믿을 참모가 없다면 평생 장사꾼으로 남는다.
그래서 참모의 전문성이 매우 중요하지만,
오너에게는 사람을 보는 눈, 책임과 의무를 주고
기다릴 수 있는 큰 가슴이 필요하다.
사업가로 건강하게 살 것인가, 일에 치인 장사꾼으로
남을 것인가. 오로지 오너의 철학에 달려 있다.

충신 반, 간신 반

<논어> 위정편을 보면, 자공이 스승 공자께 여쭙는다.
"나라의 인사를 어떻게 해야 합니까?"
공자 왈 "충신 반 간신 반을 등용하면 된다"고 했다.
자공이 또 여쭈었다. "충신만 있으면 되지 간신은 왜 씁니까?"
공자 왈 "요순 시절 충신 반, 간신 반을 써 태평성세가 왔다.
이유인즉, 충신만 있으면 백성들이 배가 고프고
간신만 있으면 나라를 팔아먹기 때문이다"고 했다.

어떤 조직이든 두 부류의 인재가 있게 마련이다.
기술이나 재주가 좋은 자는 조직에 충성하지 않더라도
자신이 늘 대접받기를 원한다. 한편 재능이 좀 부족해도
충성도 있는 자가 항상 그의 상사로 오게 마련이다.
충성도 높은 자는 조직을 끝까지 사수한다는 사실을
조직이 알고 있기 때문이다.
만약 능력과 충성도를 다 갖춘 이가 있다면, 그는 조직의
말없는 주인이다. 그렇게 될 수밖에 없다. 그러니 재주만
믿고 조직의 장이 되려는 자는 꿈을 접어야 한다.
간절히 바란다면, 주인의식으로 충성도를 높일 일이다.
고전은 오랜 세월 검증된 교과서라 해도 과언이 아니다.

공익과 공헌에 대하여

일생을 호신이나 쾌락에 바친다면 좀 허전하지 않을까?
생이 있는 한 생각이 흐르는데, 생각을 놓고 동분서주로
시간을 보낸다면 '나'라는 존재가 허무하지 않을까?
물론 남까지 다 책임지고 살아야 한다는 건 아니다.

초창기 미국의 정치가이자 사업가인 벤자민 프랭클린은
"난 부자보다 사회에 공헌한 자로 남길 원한다"고 했다.
더불어 사는 행복과 삶의 철학이 담긴 지혜가 필요한 터.
곰곰이 생각하고 노력해도 나를 위한 삶이 허전하다면
타인이나 이웃과의 관계를 한번 돌아볼 필요가 있다.

생명이 이어지는 고리가 바로 사랑이다.
사랑으로 태어나 사랑이 다하는 날, 생은 사라지는 법.
생생하게 사는 길이 여럿 있지만, 먼저 사람의 관계에서
찾아야 한다. 그 관계가 내 생명의 시작이고 끝이다.
관계에 더 깊은 의미를 두면 사회적 공헌으로 연결된다.
공익에 마음을 두는 것, 바로 나의 행복에 봄비를 촉촉이
뿌리는 행복의 첫 계단이다.
물론 지도자로 가는 길이기도 하고.

바보철학으로 부자되기

뭐니뭐니해도 현대인의 가장 주요한 관심사는 경제다. 정치인의 공약도 대부분 경제와 관련되어 있다. 물론 자본주의의 원리도 경제에서 찾는다. 그래서 경제학과 경영학에서는 심리학 등 여러 분야의 학문을 끌어와서 경제 현상의 연구에 접목한다.

더욱이 재테크라 해서 저축, 부동산, 주식 등에 대한 전문가의 주장은 하루가 멀다 하고 새 가설이 나오는 형국이다. 당연히 사람들이 부동산이나 주식에 우르르 매달린다.

그러나 이론과 실제 상황이 수시로 빗나가, 머리 좋고 움직임이 빠른 사람들을 자주 골탕 먹이는 모양새를 본다.

혹자는 주식 투자는 침팬지가 해야 성공한다는 표현도 스스럼없이 쏟아 낸다. 침팬지의 건망증 때문에 증권을 산 후 잊고 있으면 세월이 주가를 올려 준다는 것이다.

증권사 직원이 투자해도 단기 투자는 대부분 손해를 보고 만다. 단기 투자는 사행심에서 출발하기 때문이다.

투자란 먼 장래를 보고 결정해야 하는데 흔히 그것을 간과한다. 또 소액이라도 여웃돈으로 장기투자 이외는 해서 안 된다는 투자 철학을 갖고 있어야 한다. 많은 재테크 성공자의 공통점이 말이다.

여윳돈으로 투자한 다음 한동안 잊고 있었다는 사실이다.

바보처럼 투자에서 무수한 스킬에 의존하면 단기 투자에 마음을 빼앗길 수밖에 없다. 그러니 소액 개미 군단은 밀물 썰물에서 항상 뒤차를 탈 수밖에 없다는 단순한 공식을 아무리 전문 스킬이어도 쉬이 극복할 수 없는 노릇이다.

거의 모든 일에서 기술보다 철학이 우선인 법이다. 대부분의 성공한 사업가나 부자는 경제 전문가가 아니다. 천진하고 순수하며 뚝심 있게 바보 철학을 믿고 실천해 온 사람들이다. 이것이 실제의 현실이다.

6

나의 왕국에서 행복하기

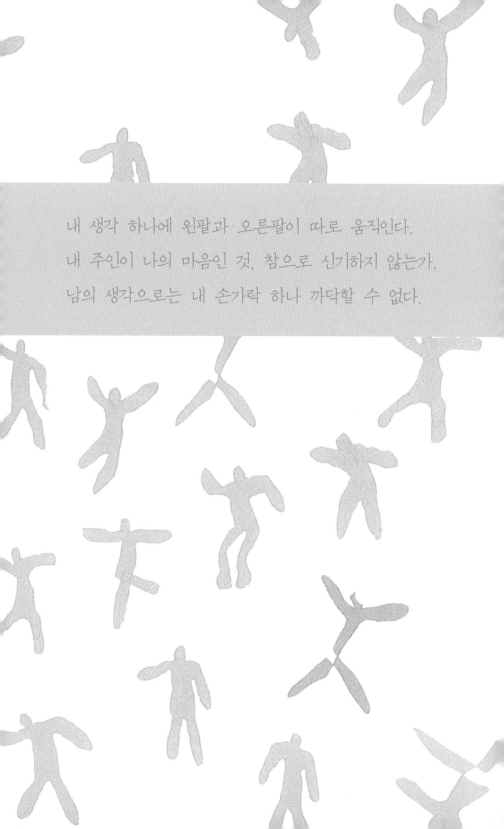

내 생각 하나에 왼팔과 오른팔이 따로 움직인다.
내 주인이 나의 마음인 것, 참으로 신기하지 않는가.
남의 생각으로는 내 손가락 하나 까닥할 수 없다.

나의 왕국

나의 정신세계가 곧 나의 왕국이다.
나 외에 누구도 들어올 수 없고, 들어갈 수도 없다.
말과 행동으로 짐작할 뿐 누구도 내 세계를 알 수 없다.
정신이 모든 일에 대한 계획, 시작, 결과를 평가하고,
만족 또는 불만족, 행복 또는 불행을 느끼는 것까지
모두 이곳 나의 왕국의 권한이다.
내 생각 하나에 왼팔과 오른팔이 따로 움직인다.
내 주인이 나의 마음인 것, 참으로 신기하지 않는가.
남의 생각으로는 내 손가락 하나 까닥할 수 없다.
오직 내 생각의 연속으로 여기까지 왔다. 나의 마음으로
그리는 모든 것이 만들어지기도 하고 사라지기도 한다.
또 무한대의 계획까지 무궁무진하게 세울 수 있다.
바로 여기가 나의 왕국인 것이다.

남은 알 수도 간섭도 할 수 없는 절대 왕국이 내게 있다.
우주행성이 모두 다르듯 각자 자신의 모습과 관념으로
만들어진 우주의 행성처럼 하나의 왕국이 '나'라는 것이다.
그래서 나의 왕국을 잘 가꾸어야 한다.
한 면만 보고 다른 왕국을 기웃거리거나 기대는 행위는

사대주의와 비슷하다. 물론 좋은 것을 인정하고
받아들이는 태도는 겸손이다. 발전에 도움이 될 터.

나의 정신세계는 곧 우주의 시작이고 끝이다.
철학자 칸트의 말을 빌리면, 실상은 정신세계이고 현실은
현상계에 불과하다. 정신세계가 현실로 나타나는 것.
사진으로 설명하면, 실상이 사물, 사진은 인화된 그림이다.
인생이란 모든 행위가 정신에서 나왔고, 정신에서 맛보고,
'즐겁다, 행복하다' 또는 '괴롭다, 불행하다'를 느끼는 법.
이것이 실상이란 거다. 그래서 나의 왕국을 잘 가꾸어야 한다.

사실 내가 없으면 우주도 없다.
그래도 나의 정신이 대령大靈 즉, 우주에서 온 사실을
알아야 나의 왕국이 우주 원질에서 힘을 얻는다.
우주 원질에 안테나를 꽂는 작업이 기도다.
그래서 기도가 꼭 필요한 법. 이것이 나의 절대계이다.

나는 나이로소이다.
나 이외 그 누구도 대신할 수 없는 독생자이외다.

하늘과 통하는 기도

원하는 것을 바라는 기도는 엄밀히 기도라 할 수 없다.
하늘에서 긴 수저로 식사하는데, 천국에선 서로 먹여주고
지옥에서는 혼자 먹으려고 애쓰다 굶주린다는 말이 있다.
이처럼 나를 위한 기도는 욕심이 전제되어 있기에
하늘이 도울 수 있는 길이 없다.
이웃을 위한 기도는 정말 신통하게 이루어지는 모습을
꽤 보았으리라. 혼자 발버둥쳐 애쓰고 자신을 위한 기도를
쉴새없이 바쳐도 겨우 빵을 해결하는 수준에 그친다.

사랑도 두 사람 이상이 서로 그리워해야 한다.
돈도 사람을 통해야 움직인다.
오욕칠정五慾七情 모두가 사람을 통해서 이루어진다.
상대를 위하지 않고 어떻게 사랑을 이룰 수 있으며
나만을 위한 기도를 어떻게 하늘이 들어주겠는가.

기도는 모든 것에 감사하는 마음이 최고의 은총이다.
사람에게도 감사를 표하면 애정과 격려를 아끼지 않는데
어찌 하늘이 사람보다 못할 수 있겠는가.
우주 원질에 안테나를 꽂는 작업이 바로 기도이다.

하늘과 직접 교신하는 기도는 멈출 수 없는 사명이다.

2000년 전, 인류의 위대한 스승 예수가
'범사에 감사하라' '항상 기뻐하라' '끊임없이 기도하라'고
가르친 말씀을 새삼 되새겨 본다.
또 일부 종교가 기복 신앙을 부추겨 헌금이나 시주를
유도하는 모습을 볼 때, '아기 손에서 과자를 뺏는구나' 싶다.

우리 모두가 깨어나야 한다.
무수한 '나'가 모여 인류가 존재한다.
수많은 '나'가 자신의 직업생활에만 전념해도
만물을 바꿀 수 있는 것은 사회라는 이웃이 있기 때문이다.

나의 왕국에서 행복하기

내가 읽은 <고린도서>

바울은 예수와 동시대 인물로 예수 생전에는 그를
만난 적이 없지만, 예수 사후에 제자가 돼 전도에 힘쓰고,
네로의 박해로 순교하며 성자 반열에 오르게 되었다.
고린도인들이 타락의 극치에 이르렀다고 여긴 바울은
자신의 고향 고린도에 예수의 말씀을 전하기 위해
편지를 띄운다. 그 내용이 바로 성서에
'고린도전서'와 '고린도후서'로 기록되어 있다.
편지 앞부분에서 고린도인에게 애정 어린 인사를 한다.
13장에서 "사랑은 언제나 오래 참고, 사랑은 언제나
온유하며……." 평소 노래로 자주 듣는 유명 구절이 있고,
편지 말미에 "어린아이가 어른의 마음을 모르듯이 하느님을
보지 못한 자는 하느님을 모른다. 여러분도 언젠가
하느님을 보게 될 것이다"는 희망 메시지가 들어 있다.
그후 "믿음, 소망, 사랑 중 사랑이 제일이다"고 하며
끝맺는다. 즉 사랑이 작게는 한 사람을 안을 수 있고,
크게는 온 우주를 안을 수 있는 가슴임을 이야기한다.
결국 우주 원질에 안테나를 꽂는 작업을 역설한 듯하다.
어떤 길을 가든, 이 작업 없이는 진정한 행복이 불가능할
거란 느낌이다. 어떤 권력가나 종교인도 예외 없이…….

상대를 위하지 않고

어떻게 사랑을

이룰 수 있으며

오직 나만 위한 기도를

어찌 하늘이 들어주겠는가.

내가 읽은 <반야심경>

나는 불교 단체나 사찰에 등록된 신도가 아니다.
그러나 19세에 청담 스님의 <선 입문>이란 책을
접하면서 불교서적을 보기 시작해 마침내
동국대학교 역경원에까지 이르게 되었다.
그곳은 마침 범어를 한글로 직역하는 불경 번역사업을
펼치고 있었다. 그때 우리나라에서는 주로 중국의
삼장법사가 중국어로 소화해 번역한 불경을
그대로 사용해 왔다는 사실을 알게 되었다.

특히 <반야심경般若心經>이 가슴에 와 닿아 날마다 이 경을
쓰기 시작했는데, 몇 달 동안 수회 반복하니 마음이
참으로 편안해졌다. 불경 또한 저절로 외워졌다.
마음에 쏘옥 드는 부분을 가끔씩 떠올리며 갈등이 생길
때마다 암송하며 마음을 다잡는데 크게 도움받았다.
그 구절은 <반야심경>의 중간쯤에 있었다.

"마음에 거리낌이 없으면 거리낌이 없는 고로 공포가
없어 뒤바뀐 생각을 멀리하고 살아서 극락에 든다."

"거리낌이 없으면 공포가 없다"는 대목에 귀기울일
필요가 있겠다. 사실 공포가 없다는 것은
행복의 첫째 조건이자 종교의 탄생 이유이기도 할 것이다.
그점을 이해하면서 거리낌이 생기는 일은 되도록 피하니,
사는데 많은 도움이 되었다.
<반야심경>은 전체적으로 질량불변의 법칙이 영계에서도
적용되는 이치를 설명하는 경으로, 종교보다는
과학이나 철학 쪽에 가깝다는 느낌을 받았다.

물론 기독교의 <성서>나 유교의 사서삼경,
여러 철학서적에서도 유익한 가르침을 받아 오늘에 이르렀다.
성자의 말씀은 꼭 해당 종교의 신자가 아니어도 평소 읽고
공부하면 여러 모로 참 좋으리라고 본다. 지식과 지혜는
언제 어디서든 아름답고 선한 것을 모두 받아들이는
넓은 가슴을 원하기 때문이다.

결국 종교도 인간에 의해 만들어졌다는 사실을 잊어서는
안 된다. 종교를 신격화해서 인간을 경직되게 만드는
수가 있다면, 깊이 생각해볼 일이다.

'나'란 무엇인가

인류 역사상 가장 어려운 질문이다. 아직 정의도 제대로
내려지지 않아, 불교에서는 이것을 화두로 참선해
득도한 큰스님 정도 되어야 다룰 수 있는 주제다.

미국의 신경정신과 의사이자 목사인 단 카스트는
'영혼에 눈뜬 한 포인트가 나'라고 말한다. 또 그 포인트에서
결심만 하면 무엇이든 해낼 수 있다고 한다.
그곳에서는 우주의 차고 넘치는 힘에 의지해 확고한
믿음으로 정진하면 무엇이든 할 수 있다고 본다.
즉 우주의 힘을 나무에 비유하면, '나'라는 혼의 포인트는
한 열매의 씨앗이어서 또 다른 생명을 움트게 하는
무한의 생명체라는 것이다.
참 신기하지 않은가. 바로 우주 원질의 한 가지요,
씨앗이란 이야기다.

인류 600만년의 역사 속에 '나'라는 혼이 이어온 지금,
나의 모습으로 또 한없는 미래로 생명이 이어진다는 것.
정말 감개무량하지 않은가. 우주 원질에 닿은 나의 혼은
죽거나 살거나 하는 게 아닌 영원한 생명체란 것이다.

불교에서는 의식의 나를 '거짓 나'라고 하고,
우주 원질과 통한 나를 '참나' '진아眞我'라 한다.
기독교에서는 하느님을 믿고 의지하면 영원한 생명을
얻는다고 전도한다.

'나'를 찾아 헤매는 도인은 무수히 많지만, 아직까지
통쾌한 해답을 찾은 이는 없는 것으로 안다.
확실한 것은 나의 마음이나 혼이 있어 나의 주인 행세를
하고 있다는 사실. 동시에 내가 지각知覺하는 것까지가
우주의 끝이란 사실이다.
나의 우주관과 존재감을 느끼는 것이 바로 '나'라고 하면
답이 될까. 정말 영물이 '나'로소이다.

중용이란 무엇인가

'중용을 지키라'는 말을 자주 듣는다.
시비에 휘말리지 말기를 바랄 때 주로 듣는 얘기다.
그러나 그런 뜻이 아니다. 중용이란 단어는 공자의 손자인
자사가 지은 <중용>이란 책에서 유래되었다.
<대학> <논어> <맹자> <중용>, 사서 중 한
책자의 이름이다. 정말 어느 편도 들지 않으면 중용을
지키는 걸까? <중용>의 첫머리는 이렇게 시작한다.

"하늘이 명한 것을 '성性'이라 부른다. 성에 따르는 것을
'도道'라 부르고, 도를 닦는 것을 '교敎'라 부른다."

흔히 성품, 성격, 성질, 할 때 그 성이다. 하늘이 명한
'성'이 자연의 순리, 자연의 이치를 따르는 것.
이것이 '도'라 했다. 도 닦는 것을 가르칠 '교'라고 명한다.
'성性'과 '리理'가 마음속에 내재함으로써 생활에 끊임없이 실천할
수 있는 힘을 '덕德'이라 한다.

결국 덕성이 있는 자가 중용을 행할 수 있는 것.
단순히 이 편 저 편 안 들며 가만히 있는 게 중용은 아니다.

그것은 침착 정도에 해당한다고 볼 수 있다.

중용이란 넘치지도 모자라지도 않는 것,
덕성의 근본적 힘을 말한다.
요즘 젊은이는 영어 공부에 죽자고 매달리면서
고전은 아예 쳐다보지 않는다.
안타까운 마음에 이 편지를 보낸다.

나의 왕국에서 행복하기

중용과 생활인의 도

<중용>의 1장 3절을 직역해보자.
"희로애락이 발하지 않는 것을 중中이라 부른다.
희로애락이 발하되 중을 지키는 것을 화和라 부른다.
중中을 지키는 자는 천하에서 제일 으뜸이고,
화和를 지키는 자는 천하에서 달관한 자이다."

중을 지키는 이는 정체正體를 잘 쓰는 명필에 비유하고,
화를 지키는 이는 한 자 한 획에 구애됨 없는 달필에 비유한다.
서예가에 비유한 달필, 즉 달도가 생활인의 도道다.
수도자처럼 희로애락에 휘둘리지 않고 사는 삶인 중을
세상에서 으뜸이라 했다. 그러나 보통 사람이 정과 사랑을
무시하고 살 수는 없다.

그래서 중을 알면서 화를 지키는 달도, 즉 생활인의 도,
이게 중용의 핵심이다. 바꿔 말하면, 세상살이에 정과 사랑을
느끼면서 정도에 어긋나지 않는 삶을 중용이라 생각하면
착오가 없을 듯하다. 물욕의 한계, 사랑과 정에 대한 자중,
즉 욕심의 한계를 스스로 제어할 수 있는 힘이 덕성이요,
중용의 참뜻이다.

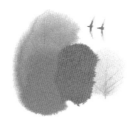

그래서 유학자들은 '화'를 대단한 기로 생각해 '화기'를
최고의 기로 여겼다. 오기 용기 패기 정기 화기 중에서
화기, 즉 온화한 분위기를 최고의 기로 친 것이다.

모택동이 중국을 공산화로 통일할 때,
'중화'를 기치로 내걸었다.
한 손에 칼 마르크스 이론을,
다른 한 손에는 덕화 사상의 중화로 중원에서
중국 역사상 가장 큰 나라를 일으킨 것이다.

나 하늘로 돌아가리라

살아 있는 자는 죽은 경험이 없고, 죽은 자는 말이 없다.
죽음 역시 참 어려운 문제이다.
혹자는 죽음을 미리 준비해야 한다고 주장한다.
또 혹자는 죽음을 떠올리면 살맛 안 나니 생각조차 말자고 한다.
아무튼 그날이 누구에게든 오게 되어 있다.
생자필멸生者必滅이라 했던가. 살아 있는 만물은 언젠가
모두 죽는 거다. 이것은 자명한 공리이고 진리다.
평소 죽음을 어떻게 생각하며, 그날이 오면 어떻게
받아들일 것인가, 이것이 문제다. 존재 이유만큼 중요한……
결국 죽음의 철학은 오늘을 더 소중하게 사는 방법일 터.

살아 있는 한 하루하루가 축제다. 소유에 마음을 빼앗기면
삶 자체가 무거운 짐이 될 수 있다. 1백년 1천년 계획을
세우더라도, 오늘을 생애 최고의 날로 살아야 한다.
날마다 자신의 역할을 충실히 수행하면서……
한 정신의학과 의사는 '인생은 일일일생'이라고 강조한다.
매일 자아실현을 위해 미련 없이 최선을 다해야 하는 법.
언젠가 그날이 와 훌쩍 떠날 때, "나 하늘로 돌아간다"고
무심히 말할 수 있게…… 이것이 마지막 오복, 고종명이다.

스티브 잡스의 메시지

최첨단 사업을 일으켜 인류문명을 변화시키고 떠난 애플의
스티브 잡스가 일, 돈, 사랑, 죽음에 대해 남긴 메시지
'My way, Final curtain'으로 오늘의 명상편지를 대신한다.
앞쪽의 '죽음 1'과 연결해 명상하시길 바란다.

1. 진정으로 만족하는 유일한 길은 당신이 위대한 일이라고
믿는 일을 하는 것이고, 위대한 일을 하는 유일한 길은
당신이 사랑하는 일을 하는 것이다.
사랑하는 사람을 찾듯이 사랑하는 일을 찾아라.
2. 살아보니 돈은 중요하지 않더라.
매일 밤 잠자리에 들 때 오늘 정말 멋진 일을 했다고
말할 수 있는 것이 중요하다.
3. 다른 사람의 삶을 사느라 한정된 시간을 낭비하지 마라.
중요한 것은 당신의 마음과 직관을 따르는 용기를 내는 것.
이미 마음과 직관은 당신이 하고자 하는 바를 알고 있다.
4. 실패의 위험을 감수하는 사람만이 진짜 예술가다.
늘 갈망하고 우직하게 나아가라.
5. 언젠가 죽는다는 사실을 기억하라.
그럼 당신은 정말로 잃을 것이 없다.

노자의 행동철학

노자의 행동 지각 안에는 예禮가 기본이요, 다음이 의義다.
의가 있는 사람은 예를 논하지 않아도 된다는 것이고
인仁이 있는 이는 의義를 논하지 않아도 된다는 거다.
또 덕德이 있는 이는 인仁을 논하지 않아도 된다고 했다.
마지막으로 도道를 지닌 자는 덕德을 논하지 않아도
된다고 하였다.
즉 도가 터 있으면 덕, 인, 의, 예가 모두 그 안에
있다는 것으로, 노자와 장자의 사상을 도가道家라 한다
그중 노자의 행동철학을 간추려보자.

- 말이 많으면 자주 궁색하게 되나니,
  차라리 침묵을 지키는 것만 못하느니라.
- 성인은 자신을 남 뒤에 서게 함으로써 오히려
  남 앞으로 나아가는 경지를 이룩한다.
- 자신이 올바르다고 해서 남을 재단하지 않으며,
  자신이 깨끗하다고 해서 남을 비난하지 않는다.
- 알면서도 겸손할 줄 아는 것이 최상이고,
  모르면서도 나서는 것은 병이다.
- 무릇 만족할 줄 모르기에 다투게 된다.

- 약한 것이 강한 것을 이기고, 부드러움이 단단한
  것을 이기는 것은 세상에 모르는 자가 없지만,
  실제로 행하는 자는 거의 없다.
- 과도한 욕망보다 큰 참사는 없다. 불만족보다
  큰 죄는 없다. 탐욕보다 큰 재앙은 없다.
- 적게 가지는 것이 소유다. 많이 가지는 것은 혼란이다.
- 행복을 탐욕스럽게 좇지 말 것이며,
  행복에 대해 두려워하지 마라.

장자의 무위자연

장자는 노자와 더불어 중국 역사상 자연주의로
도가의 기초를 이룬 사상가이다.
평소 장자를 자주 인용했기에 그에 대해 살펴본다.
장자莊子는 기원전 3세기경의 인물로 이름은 주周,
자는 자휴子休, 전국시대 송나라 사람으로
태어난 곳은 몽蒙, 지금의 허난성 부근이다.
사마천의 <사기史記>에 따르면 제齊나라의 선왕宣王과
동시대 인물이었다고 한다.
젊어서 잠시 관영官營인 칠원漆園에서 아전직을 맡았다.
관리 노릇을 위해서가 아니라 생계 때문이었을 것으로
짐작된다. 왜냐하면 그는 세속적인 지위나 명예를
천하게 보고 탈속한 생애를 보냈기 때문이다.

하늘 이불, 땅 자리, 산 베개를 하고
달 촛불, 구름 병풍 하고, 바다로 술 빚었네
거연히 크게 취해 일어나 춤추나니
긴 소매 곤륜산에 왜 이리 걸리는고.

<장자莊子>의 핵심인 「소요유逍遙遊」에 나오는

이 시에서도 그의 자연스러움과 호탕 무애를 느낄 수 있다.
'소요유'는 아무 것에도 구속되지 않은 유유자적의 경지에서
정신의 해방을 통한 대자유의 삶을 뜻한다.

장자는 중국 5천년 역사에서 거의 유례를 찾아보기
어려울 만큼 경이로운 삶과 사상을 보여준 인물이다.
전통적 유가나 다른 제자백가도 그의 눈엔 하잘 것 없었다.
세속의 권세나 부귀, 관습 역시 마찬가지였다.
인간이 만든 윤리와 도덕도 뛰어넘는 우주관을 지닌
도인으로 그의 지혜나 사상은 타의 추종을 불허하였다.

나의 왕국에서 행복하기

석가와 유마 거사

유마 거사는 인도 사람으로 석가와 동시대인이다.
그는 석가의 제자나 비구가 아닌 인물로, 사업을 해
많은 재산을 지닌 부자였다. 그는 늘 이웃과 사회에
관심을 가지고 불우이웃을 돕는 데 주저하지 않았다.
석가는 생전에 우마 거사를 알고 있었다고 한다.
불교미술 전문가에 따르면, 경주 석굴암 주위 돌 벽화는
우마 거사가 병으로 누워 있을 때 석가가 제자를
보내 문병하는 장면이란다. 우마 거사는 불교 입문
이전에 이미 만 사람을 돕는 보살이었다고 전한다.

지금도 종교나 학벌에 관계없이 스스로 사업을 일으켜
재산을 모은 후, 사회사업에 뛰어든 분이 무수히 많다.
이들은 고생고생 살아오면서 스스로 인생을 깨친
사람들로 몸소 삶의 진리를 체득한 보살들이다.
이들은 항상 겸손하여 교만하지 않고 다른 분야의
지식인까지 존중하고 경외한다.
아는 형님 한 분은 문교부의 혜택이라곤 전혀 받지
못한 분이다. 자수성가해서 이웃과 사회에 봉사하며
언제나 겸손하고 남의 인격을 존중하며 낮은 자세로

생활하는 모습을 보인다. 형님을 뵐 때마다 자신의
행복은 물론, 모든 도의 마지막 단계는 결국 본인의
몫이라는 생각이 든다.

그러나 설익은 지식인 중 일부가 이런 분들을 무시하는
모습을 종종 보인다. 타인의 참된 인격과 인생을 알고
이해하는 진솔한 자세가 참 중요하다.
왜냐하면 귀인에게 결례를 범할 수도 있기 때문이다.
현재도 유마 거사와 같은 분들이 주위에 존재한다는
사실을 살펴볼 일이다.
나의 이웃이나 친지 중에도…….

<육조단경>

불교는 중국을 통하여 우리나라에 들어왔고,
우리가 알고 있는 모든 불경은 현장법사가 중국어로
번역한 것을 사용하고 있다.

중국 선불교 요람인 소림사의 일조사一祖師가 달마이고,
오조사五祖師 홍인에게 선법을 물려받은 육조사六祖師가
바로 혜능이다.
혜능 이후부터 선종은 융성하게 되었다.
홍인은 다음 대가 뚜렷이 보이지 않자 소림사 회랑에
깨달음의 정도를 알 수 있는 게송을 붙이게 했다.
그 게송이 재미있고, 또 우리 마음을 이해하는 데에도
도움될 것 같아 잠시 소개한다.

먼저 오조사 홍인의 수제자인 신수의 게송을 보자.
"몸은 보리요, 마음은 명경대라.
부지런히 털고 닦아 티끌이 일지 않게 하리라."
이후 소림사의 일자무식一字無識 방앗간지기에다
잔심부름하던 혜능이 남의 손을 빌려 게송을 붙였다.
"보리는 본래 나무가 아니고, 맑은 거울 또한

받침대가 아니다.
본래 아무것도 없으니, 어디에 티끌이 일어나리요."

이것으로 혜능은 일조 달마로부터 전수되는 의발을
물려받으며, 오조사 홍인에게 육조사로 승인받았다.
마음의 깨침을 얘기한 대목으로 더 이상 설명은 않겠다.
우리도 한번 생각해 봄직한 내용이어서 적어보았다.
이후 주로 불경을 공부하는 신수계를 '교종'이라 하고
참선을 주로 하는 혜능계를 '선종'이라 하며
오늘에 이른다.

결국 <육조단경六祖壇經>은 중국 남종선의 개조인
혜능 대사(638~713)가 소주의 대범사에서 행한
공개 설법의 기록을 중심으로 해서 그의 생애와 언행을
제자 법해法海가 모은 것으로, 선종의 대표적인
경전이 되었다.

자연의 임자는 누구인가

모든 것, 우주에서 지구의 땅 1평까지가 다 자연이다.
그런데 인간이 권리를 주장하며 소유권을 사고판다.
내 땅 네 땅 하며 재산으로 간주해 소유에 집착한다.
모든 것은 본래 자연의 일부일 뿐, 인간이 땅따먹기
놀이를 하는 것에 불과하다. 거기에 휘둘리면
시곗바늘처럼 돌고 돌다가 길을 잃게 된다.
소유란 필요할 때 쓰기 위한 준비물인데 정작 필요할 땐
아까워서 못 쓴다. 노동으로 부가 쌓이면 그것에 집착해
모든 것을 소유의 가치로 판단하게 된다. 나의 존재 또한
소유의 크기와 동일시된다. 정말 못나도 한참을 못났다!
더 못난이는 친구를 소유의 크기로 달리 대하는 군상들.
언제나 사람다운 사람과 한번 살아 볼까나?
친구의 가치를 볼 줄 아는 심안心眼을 키워야 임자를 만난다.
자연은 원래 임자가 없고, 존재를 못 알아보니 임자가 없다.
그래서 위대한 스승 예수가 "부자가 천국에 가는 것은
낙타가 바늘구멍에 들어가기보다 더 어렵다"고 했던가.
이 임자가 나의 반쪽이고, 천국의 동반자다.
임자 없이 사랑 없이 의기투합 한번 못 하는 인생은
뭐 하러 이 지구에 왔던가?

살아 있는 한

하루하루가 축제다.

1백년 1천년 계획을 세우더라도,

오늘을 생애 최고의 날로

살아야 한다.

진리와 윤리는 왜 다른가

진리를 양심에 초점 맞추면, 평생 공부해도 진리를 찾을 수 없다.
왜냐하면 본능은 양심을 모른다.
본능도 진리에 포함시켜야 우주를 직관할 수 있기 때문이다.
깨끗하고 선한 것만이 진리라면 더럽고 천한 것은
사라져야 하는데 실상은 그 모든 것이 다 존재하고 있다.
인간 개인의 저울로 더럽고 천한 잣대가 있는 것이지
우주만상은 그런 잣대가 없다.

인간이 만들어놓은 도덕과 윤리도 진리와 거리가 멀다.
인간끼리의 질서를 위하여 학습된 규약일 뿐이다.
양심을 주로 윤리의 잣대로 좌우를 구별하지만
사실은 진리에 잣대를 두어야 깨우친 사람이다.

예컨대 예쁜 여자나 씩씩하고 멋진 사나이를 보면
성적 매력을 느끼는 게 본능이고 진리다.
생명력 있는 진리다.
그런데 인간은 질서를 위해 윤리와 도덕으로 단속하고
학습했기에 이 본능을 표현하지 않거나 행동하지 않는다.
그래서 윤리와 도덕이 지켜져야 하지만

그것이 진리가 아닌 것은 분명한 사실이다.

그래서 나의 본능이 진리인 것으로 스스로 자책의
기준을 바꿔야 한다. 인간으로 태어났기에 약속을
지키는 것은 도리이다.
진리가 무엇인지 확신이 오면,
지구에서 인간으로 태어나 인간이 만든 윤리와 도덕을
지키는 일이 로마에서는 로마법을 지키는 것과 같다는
사실을 금세 이해하게 될 터이다.

위대한 스승 예수의 '진리 속에서 자유하라'는 가르침이
새삼 떠오른다.

동중정, 정중동

나와 우주의 연결고리가 호흡이다. 한 호흡만 멈춰도
생명은 숨을 거두고 만다. 숨이란 바로 호흡이다.
우리가 건강할 때는 호흡을 의식조차 않고 산다.
피가 돌고 마음먹은 대로 손발이 움직인다.
그러나 생명력이 떨어져 갈수록 움직임은 물론
호흡 한 번 하기조차 힘들어진다.

팽이는 세게 칠수록 넘어지지 않고 힘차게 돈다.
힘을 받은 팽이는 가만히 서 있는 것 같지만 실은 매우
빠르게 돌고 있다. 인간도 건강할 때면 호흡과 피돌기와 소화가
절로 잘 돌아간다. 절로 되는 상태가 건강이고 생명력이다.
정신적, 사회적, 신체적으로 활동에 지장이 없는 상태를
학문에서는 건강이라고 본다. 자율신경인 교감신경과
부교감신경의 밸런스가 맞을 때 호흡, 순환, 소화가
자동 조절되어 건강을 유지한다. 이 밸런스, 균형을 확인하고
도와주는 최소한이자 최대의 효과적인 방법이 명상이다.

만약 번민으로 명상이 어려울 때는 천천히 박자에 맞춰
호흡을 들이쉬고 내뱉는 데 집중하면 다른 생각을

할 틈이 없어진다. 호흡에 신경 쓰면 딴 생각이 끼어들 수
없다는 데 맞춰 호흡법이 생겨난 것이다.
호흡법을 제대로 알고 싶으면, 바보클럽 홈페이지에서
'양생법'을 찾아 안내받길 바란다.

날마다 한 박자 쉬는 마음으로 명상에 마음을 쓰면,
삶의 시행착오가 한결 줄어들 것이다.
이것이 동중정動中靜이요, 정중동靜中動이다.

명상, 최고의 힐링

스트레스를 푼다고 야단들이다. 스포츠, 가무 음주,
친구와 수다, 여행 등 제각기 많은 노력을 하고 있다.
취미 동호회도 참 많아졌다.
그런데 우리가 잊고 있는 게 하나 있다.
내 진실은 묶어 두고 남의 진실에 관심이 많다는 사실이다.
나는 얼마나 진실한가, 스스로에게 묻는 걸 잊고 살았다.
상대가 진실치 않아 문제가 생겼다고 하소연한다.

또한 잘못을 남의 실수로 돌리고, 자신의 실수는
인정하지 않으려는 분위기가 있다. 남의 흉을
곧잘 보는 자는 흉보는 일이 실수인 줄도 모른다.
그러니 대인관계가 원만하기 어려울 수밖에 없다.
더 중요한 사실은 남의 말이 옳다고 해도 내 귀에 거슬리면
인정하기 싫은 거다. 왜 그렇게 굳어 있는지도 모른다.
바로 반성의 시간을 갖지 않아서 그런 것인데…….

그래서 하루 일과 중 단 몇 분의 명상이 아주 중요하다.
자기 객관화를 맛보는 시간이다. 명상이 발전하면 영감이
높아지고 정신건강도 좋아진다. 최고의 힐링이 명상이다.

하루 5분이라도 좋다. 그렇게 조금씩 발전하면
삶의 보람이 무엇인지 스스로 깨닫는 날이 온다.

또 나와 의기투합할 친구가 누구인지도 영감으로 온다.
힐링의 정점은 친구와 의기투합할 때. 살맛나는
인생이 된다. 또 다른 나를 만나고 있기 때문이다.
내가 먼저 진실해져야 의기투합할 친구가 보이는 법이다.
만약 서로 죽이 맞아 누군가를 흉보고 있다면,
그건 의기투합이 아니라 서로 영혼을 망치고 있는 중이다.

<탈무드> 지켜내기

1만 2천 쪽에 달하는 유대인의 광대한 지혜서다.
<탈무드Talmud>는 구약을 기반으로 해서,
BC500~AD 500년까지 율법학자들에 의해 구전으로 내려오던
담화들을 기록한 유대인의 역사서이기도 하다.
유대가 로마의 박해를 받던 시절, 유대인 집단촌과
로마 군대가 전쟁을 치렀다. 로마 군대에 완전 포위된
유대인들은 전멸의 위기를 맞게 되었다. 로마군이 항복을
종용할 때 유대의 지도자는 조건부 항복을 제시하였다.
"재산을 빼앗아도 좋고 여자를 강간해도 좋다.
하지만 저 자그마한 창고는 불태우지 마시오."
대수롭지 않게 생각한 로마 장군은 쾌히 승낙, 전쟁을 끝냈다.

그때부터 유대인 집단촌, 즉 그들의 나라가 사라졌다.
그들이 끝까지 지킨 창고는 <탈무드> 보관처였던 것.
모든 것을 빼앗겨도 유대인의 정신과 지혜만 있다면
다시 나라를 재건할 수 있다고 판단한 것이다.
나라와 목숨과 자존심을 버리고 지켜낸 <탈무드>가
이스라엘이라는 나라와 유대인들의 세계적인 활동을
이끌어낸 것이다.

낙천, 하늘에 맡기기

인생을 너무 무겁게 생각해 궁리에 빠질까 이 편지를 쓴다.
인생은 나의 의지로 시작한 것이 아니다.
사랑의 연속성에 따라 한 인간이 생겨난 것이다.
인과법칙으로 보면 만생의 연결고리에 지금 내가 있다.
'잘 났다'는 표현은 내 의지와 관계없이 잘 태어났다는 뜻.
그러나 자각이 있어 지금, 여기를 인식하기 시작하는 거다.

<중용>에서 자사는 하늘이 준 천성을 따르는 게 '도'라고
강조했다. "순천자順天者는 흥하고 역천자逆天者는 망한다."
이것은 나의 지식이나 의지보다 하늘의 뜻을 이해하고
좇는 일을 삶의 진리로 본 것이다.
이 진리를 인지하는 것이 공부요, 창작이라는 거다.
그렇다. 그것이 진리 탐구다. 내가 어떻게 하는 것이 아니라
순리와 진리를 찾는 과정이 인생이다.

그래서인가. 어떤 종교에선 인간을 피조물이라 규정한다.
아인슈타인도 그 유명한 상대성이론을 발견한 것이지,
만들어낸 것은 아니다.
바로 하늘을 믿고 맡기는 것이 낙천樂天이다.

옷깃만 스쳐도 인연

만남이란 선택의 결과일 수도 있지만,
인과법칙에서 연속성의 결과로 해석할 수 있다.
불가에는 '옷깃만 스쳐도 인연'이라는 명구가 있다.
아인슈타인은 이것을 양자역학적으로 증명해 보였다.

초면인 두 사람이 몇 분간 가볍게 대면한 다음,
서로 50발자국 정도 떨어진 패러데이 케이지Faraday cage(외부의
정전기 차단을 위해 기계 장치 주위에 두르는 금속판)에
각자 들어가도록 한다. 두 사람의 머리에는 두뇌 활동을
그려내는 뇌파계EEG를 연결시킨다.
그후 한쪽 사람의 양 눈에 펜라이트penlight를 비추니
반대편 사람 눈의 동공과 뇌파계도 똑같이 움직였다.
두 사람의 거리를 훨씬 멀리 떨어뜨려 놓아도,
혹은 상자를 바꿔 놓아도 결과는 마찬가지였다.
(동료 학자인 포돌스키, 로젠과 함께한 실험이어서
3명 이름의 첫 자를 따서 'EPR 실험'이라 일컫는다.)

나와 한번이라도 인연을 맺었던 사람은 나도 모르게
나와 끊임없이 정보를 주고받는다. 내가 무슨 생각을 하고

무슨 짓을 하는지 무의식적으로 안다는 것이다.
만남은 연속성에 의해 일각도 멈추지 않는다는 얘기.
그래서 이웃이 소중하다. 인연을 맺지 않은 이웃이라도
전혀 영향이 없는 건 아니라고 한다.
양자역학의 '관찰자 효과'에 따라서 나의 모든 생각과
행동은 전부 다 우주에 기록되어 있다고 한다.
그래서 인과응보의 법칙도 존재하는 거라고 한다.

인간의 만남이 얼마나 소중한지 증명하는 대목이다.
그 우주 기지국을 야훼, 하느님, 우주 대 생명력, 천지신명 등으로
표현하고 있는 것이다.

나의 왕국에서 행복하기

바보가 세상을 바꾼다

머리로 계산하는 방식의 삶에 의존하면 혼이 제자리를
잡지 못한다.

혼이란 정신의 주인으로서 '나'라는 한 점 포인트를 말한다.
다른 말로 표현하자면 혼의 도구가 정신인 것이다.

혼은 정신이 최고의 순리를 따를 때 가장 밝고 맑아진다.

만약 혼이 맑지 않아 정신에 과부하가 걸리면, 포인트가 중심을
잃어 어디로 가고 있는지 무엇을 해야 하는지 도무지 방향을
잡지 못한다.

세속적으로 큰 성공을 거두었으나 도무지 상식이 통하지 않는
이를 본 적이 있을 것이다.

그런 경우는 정신을 한없이 부려서 세속적인 소유는 남보다 훨씬
많이 가졌지만, 주인이 제자리에 없는 상태다.

세상을 다 가져도 혼이 제자리를 지키지 못하여 주인 없는 물건만
잔뜩 쌓아 놓는 꼴이 되고 만 것이다.

혼은 진리를 추구할 때 한가운데에서 가장 밝고 맑게 빛난다.
그럴 때는 무소유로 만족할 수 있으며 행복한 일상을 보낼 수
있다. 본래 혼은 세상의 욕심이 없기 때문이다.

그런데 견물생심見物生心이라기보다는 여기저기 한눈팔다가 혼이
중심을 잡는 포인트가 흔들리는 것이다.

자동차도 엔진 포인트가 중심을 잡지 못하면 운전자의 뜻대로 움직이지 않는 이치가 같다고 보면 된다.

인간관계에서도 초점이 안 맞아 조정이 제대로 안 된 방송 화면과 같다.

이 세상에 큰 발자취를 남긴 위인들, 예컨대 김수환 추기경, 피천득 교수, 효봉과 경봉 스님, 천체물리학자 스티븐 호킹 박사, 데레사 수녀, 슈바이처 박사, 성인 간디 등의 공통점은 정직성과 더불어 천진성과 순수성을 생의 끝까지 간직하고, 명랑했다는 점이다.

그들의 천진성과 순수성이 약삭빠른 이의 눈에 바보로 보일 뿐이다. 역사가 증명하듯이, 그 바보들이 사람들의 마음을 움직이고, 더 나은 사회를 만드는 데 참기여를 한 위대한 분들이었다.

그래서 내가 바보가 되면, 언제 어디를 가도 협력자가 나타나고 진정한 친구가 모일 것이다.